第一辑

思韵集

朱志峰 著

陕西新华出版传媒集团
太白文艺出版社·西安

图书在版编目（CIP）数据

思韵集. 第一辑 / 朱志峰著. -- 西安：太白文艺出版社，2022.7（2023.1重印）
ISBN 978-7-5513-2176-1

Ⅰ. ①思… Ⅱ. ①朱… Ⅲ. ①诗词－作品集－中国－当代 Ⅳ. ①I227

中国版本图书馆CIP数据核字(2022)第085236号

思韵集（第一辑）
SIYUN JI (DI-YI JI)

作　　者	朱志峰
责任编辑	蒋成龙　秦金莹
封面设计	王　洋
版式设计	建明文化
出版发行	陕西新华出版传媒集团
	太白文艺出版社
经　　销	新华书店
印　　刷	三河市同力彩印有限公司
开　　本	889mm×1194mm　1/32
字　　数	150千字
印　　张	8.5
版　　次	2022年7月第1版
印　　次	2023年1月第2次印刷
书　　号	ISBN 978-7-5513-2176-1
定　　价	68.00元

版权所有　翻印必究
如有印装质量问题，可寄出版社印制部调换
联系电话：029-81206800
出版社地址：西安市曲江新区登高路1388号（邮编：710061）
营销中心电话：029-87277748

序

古体诗词是中华民族博大精深的传统文化中的瑰宝，是人类世界中只有汉语言文字才能绽放的文明与智慧的花朵，是中华民族特有的文明符号。

志峰的《思韵集》(第一辑)就要结集出版了，看着那洋洋洒洒近四百首诗词，我深感欣慰！

记得在2015年12月，我第一次读到志峰在西北大学出版社出版的《茗余集》(第一辑)，就为他在药学专业领域耕耘之余而爱好诗词且有作品出版感到由衷的高兴。近年来，志峰始终徜徉并醉心于诗词之中，几乎每年都有新作付梓，可喜可贺！志峰结合工作、学习、生活、游历、考察、感悟等对古典诗词的学习和对现代诗歌的涉猎，着实让我感受到爱好的力量是如此强大。这次志峰即将出版的《思韵集》(第一辑)中，囊括"民族医药花灿烂　守正创新共向前""同人努力争上游　同窗相聚乐无忧""沧海桑田生巨变　科技创新力更添""退休闲暇少烦扰　追求真理心朗照""诗书画影皆精彩　诗词交流诉热爱""春夏秋冬共一歌　冷暖变化天地和""天南地北任逍遥　风光无限抒怀抱""世间常怀感恩心　逝者安息千古存"共八个篇章，几乎达到每日有诗的境地，足见志峰善于观察、勤于思考的敏锐，午夜不眠、搜肠索句的勤奋，持之以恒、一以贯之的求索。诗词虽是志峰的业余爱好，但他锲而不舍、持之以恒、坚持不懈的追求，展示出他良好的精神风貌和博大的情怀。

　　阅读志峰的诗词，使人感到清新隽永的文字中充满激情、活力和正能量，依然保持着年轻时的心态。他热爱祖国，关心时政，正直善良，喜欢自然，涉猎广泛，无论何时都保持着乐观的态度。已逾花甲的志峰，把退休后的生活安排得充充实实，且与时俱进，不断学习新知识，在日积月累的阅读中，使那些广博的知识和灵动的词汇，潜藏在他的心胸中，融入他的气质里，流淌在他的笔尖上。志峰的诗词是对社会、对人生、对自我、对锦绣河山和美好生活的感悟与升华结出的丰硕之果。

中华乃是诗之国度。中华诗词如璀璨的群星，光耀古今。虽时移世易，然中华诗词依然如一泓清澈甘冽的山泉，润泽着一代又一代的中华儿女，并不断释放出文化自信的磅礴力量。

　　诗词是最优美的文学艺术形式，短小精悍，字里行间须小中见大、微中见宏。所以古人说"诗以意为主，又须篇中炼句，句中炼字，乃得工耳，以气韵清高深眇者绝，以格力雅健雄豪者胜"。学无止境，希望志峰坚持创作，进一步追求独辟蹊径的构思和赏心悦目的意境，不断提高，将更多更好的诗词作品奉献给同学、同人和读者。

　　书将付梓，乐观厥成，欣然为之序。

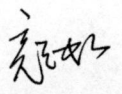

2021年4月19日于西安

民族医药花灿烂　守正创新共向前

浣溪沙·贵州民委调研感赋	003
黔东南苗侗医药调研感赋	003
苗侗医药文化街印象	004
相见欢·云南中医药大学调研	005
蝶恋花·云南"民族医药'传承与创新'"座谈会	006
盘龙云海调研	006
清平乐·中国彝医药博览馆	007
忆江南·爱尼山药园	008
云南药乡药膳	008
南华彝医药调研	009
楚雄彝族自治州彝医药调研座谈会	009
长相思·别柳州	010
踏莎行·广西药用植物园	011
忆江南·广西万寿堂	012
广西中医药研究院印象	012

01

广西国际壮医医院调研有感	013
更漏子·民族省区行	013
青海民族大学药学院	014
青海省藏医院	014
青海大学藏医学院	015
中国藏医药文化博物馆	015
忆江南·参观青海中医院中药材标本馆	016
青海省藏医药研究院	017
青海省民宗委民族医药座谈会	017
浣溪沙·内蒙古国际蒙医医院	018
参观内蒙古国际蒙医医院蒙医药博物馆	018
蒙医特色诊疗	019
呼和浩特市蒙医中医医院调研	020
踏莎行·内蒙古大唐药业	020
内蒙古民委座谈会感赋	021
京城共议民族医药	022

同人努力争上游　同窗相聚乐无忧

京城旧友聚	025
温馨夕阳	025
青山永流芳	026
踏莎行·药化安监	026

踏莎行·同窗花甲聚汤峪	027
花甲重逢	028
情　谊	028
中医魅力	029
校园秋韵	029
阅《青囊》感赋	030
国术传	030
长相思·迎春聚	031
道地药材	031
踏莎行·桃花源	032
同窗缘聚	033
清平乐·新丰中学同窗情	033
同窗诗添力	034
曾经容颜	034
欢乐融	035
四十载后又重逢	035
大洋彼岸传情	036
如梦令·冬月欢	036
长相思·相聚心神醉	037
清平乐·重逢是首歌	037
长相思·别亦难	038
蝶恋花·随安美篇	039

巾帼须眉	039
忆江南·绞股蓝	040
花甲青春绽	040
大医精诚	041
踏莎行·陕西最美基层医生	041
庚子护士节	042
忆江南·同窗情	043
领头雁	043
参加创新药物论坛有感	044
无悔年华	044
终南欢聚	045
《岁月如歌 不负流年》	045
同窗聚临潼	046
踏莎行·辛勤园丁桃李情	046
纪念陕西药监成立二十周年感赋	047
上河大健康	049
清平乐·旧影	050
踏莎行·转业十年	050
校友风采	051

沧海桑田生巨变　科技创新力更添

清平乐·六载春秋	055

长相思·云生活	055
创新战略联盟	056
东南沿海实弹演习	057
第三个中国航天日	057
忆江南·泰科迈	058
秦申共享医药资源	058
海军魂	059
贺科管中心八名硕导	059
"五四"百年	060
忆江南·七七事变	060
科创板	061
贺西安正大制药成立二十五周年	061
新中国七十华诞天安门广场大阅兵	062
沁园春·第七届世界军人运动会开幕式	062
学习习总书记对中医药工作重要指示感赋	064
东方淑女吴芳	064
贺《药事管理学》第六版	065
岐黄传承开新篇	066
女侠张伟丽	066
忆江南·中国北斗	067
天问一号	068
水陆两栖飞机试飞成功	068

地月合影	069
北斗三号全球卫星导航开通	069
忆江南·市长特别奖	070
金磁生物	070
步长生日祝福	071
踏莎行·授勋	071
嫦娥五号探测器发射成功	072
夺殊荣	073
嫦娥五号月球采样本	073
"九章"	074
珠峰新高度	074
忆江南·"极目"望远镜	075
嫦娥五号归	075
临潼地铁通	076

退休闲暇少烦扰　追求真理心朗照

简约天地宽	079
输　赢	079
自然规律	080
换位思考	080
和谐为上	080
变化永恒	081

宇宙天地	081
知命之年	082
宽　容	082
一日三思	083
论傻聪	083
论取舍	084
胸中行舟	084
世间事	084
信　任	085
长相思·年龄新标准	085
爱	086
正道行畅	087
公正永在	087
退休欢	087
香椿炒鸡蛋拌饺子皮	088
捣练子·妹家杏	088
简单快乐	089
忆江南·新春一母同胞聚	089
故乡田园春色	090
微笑日	090
旧照感赋	091
童年麦收季记忆	091

退休做减法	095
周末桥梓口	095
夏日桃园	096
长相思·最亲	096
江城子·退休四年整	097

诗书画影皆精彩　诗词交流诉热爱

花之魂	101
花间逸趣	101
润泽岭南	102
葳蕤春光	102
得　趣	103
南方风神	103
苍浑气格	104
踏莎行·写意中国	104
吞吐大荒	105
梅馨月韵总关情	106
美丽乡愁	106
相由心生	107
风　骨	107
"今日丝绸之路国际美术邀请展"	108
《苍鹭—鱼》	109

高原·高原	109
《雨后牡丹》	110
《西岳》	110
大国之翼	111
春花竞芬芳	111
上善若水	112
春风满秦川	112
骊山春装	113
《梦回长安》	113
文化传承	114
贺陈更	114
踏莎行·《中国诗词大会》第四季	115
安塞腰鼓	115
春光诗韵	116
踏莎行·拜读《牛山诗文选》	116
高山登顶	117
蝶恋花·北山行	117
快乐夕阳	118
长相思·拐弯	119
游历素描感赋	119
2020星辰大海	120
蝶恋花·追梦	120

情谊如山	121
摄影艺术	121
冬荷风骚	122
《兰亭集序》摹本	122
和《弈趣》	123
庚子元宵	123
赞杨凡	124
春光无限	125
南国风光	125
三月玄武湖	126
梦回扬州	126
咏春花	127
人间镜影	127
瑞雪桃花	128
曲江春	128
七律·五月飞红颂英雄	129
诗词共乐欢	129
七绝·世界同五一	130
七绝·青春担当	130
七绝·思母	131
悦耳泉声	131
蝶恋花·岁月如歌	131

七律 · 儿童节感怀	132
七律 · 思父	133
七绝 · 端午	134
七律 · 红船颂	134
七律 · 人民军队	135
七绝 · 七夕	135
相见欢 · 又赏再相聚	136
张季鸾	136
七绝 · 秋分	137
七绝 · 中秋颂	137
西安高新二小赠书	138
真情永恒	138
蝶恋花 · 秋雨	139
诗词歌赋同喜爱	139
忆江南 · 重阳	140
踏莎行 · 《风雨撷华》	140
清平乐 · 《声情同映》	141
往事墨中化	142
柿挂满枝	142
七绝 · 电影梦萦	143
七律 · 抗美援朝七十周年	143
枝头鸣喜	144

知己无忌	144
巾帼雄	145
扇面水墨画	145
洛河石砌诗韵传	146
胜券握	146
岁月添新轮	147
七律·除夕	147

春夏秋冬共一歌　冷暖变化天地和

湖面冬行	151
琼楼玉宇	151
雨后夜空	152
忆江南·湿热	152
榆林暴雨	152
火烧云	153
十六月圆	153
深秋柿子树	154
塞上立冬	154
踏莎行·小雪时节	155
珠海初冬印象	155
水仙花	156
初春柳芽嫩	156

小鸡闹春	157
小满风雨急	157
夜听蛐叫声	158
瑞雪世界	158
紫气东来	158
春光好·祥瑞升	159
三月早春	160
春光好·春雨	160
长相思·初夏雨	161
和谐相融	161
如梦令·孟秋品宋词	162
秋色染秦岭	162
阳台花争荣	163
北疆秋色	163
初春路旁观小草	163
长相思·己亥春首雪	164
玉　雕	164
己亥长安上元节	165
春雨过后	165
忆江南·春阳暖	166
暖风吹新绿	166
相见欢·四月秦岭	166

13

凌霄花	167
风云突变	168
长相思·秦岭深处	168
高塘竹溪里	169
荷塘秋	169
清平乐·南山脚下论健康产业	170
金桂飘香	170
今日又重阳	171
蜡梅傲雪	171
庚子雨水	172
蝶恋花·雨润无声	172
庚子春分	173
郁金香	173
长相思·多彩春天	173
倒挂金钟	174
庚子立夏	175
长相思·恋山	175
平流云	176
池塘秋色	176
长相思·孟秋渐行远	176
忆江南·庚子白露	177
又闻丹桂香	178

层林尽染 178
荷花仙子 178
天空梨花 179

天南地北任逍遥　风光无限抒怀抱

兰州坐观黄河 183
黄河清波 183
踏莎行·沿黄公路游 184
神木二郎山 185
丰图义仓 185
如梦令·黄河湿地秋 186
黄河龙门 186
冬临白云山庙 187
黄河乾坤湾 187
龙　湾 188
黄河石林二十二道弯 188
黄河倒流 189
沁园春·黄河石林 189
相见欢·白银黄河岸边花海 191
处女泉春 191
长相思·春闻黄河蛙声 192
春日秦晋黄河岸 192

长相思 · 庚子春游大荔沙苑	193
忆江南 · 黄龙	194
黄龙翠涛	194
西宁七月	195
踏莎行 · 晨观高原	195
沱沱河	196
三江源	196
唐古拉山	197
雨后藏北高原	197
措那湖	198
米拉山口	198
车行川藏线拉林318国道	199
西藏林芝行	199
林芝石锅鸡	200
佛掌沙丘	201
雅鲁藏布大峡谷	201
南迦巴瓦峰	202
卧龙奇石	202
达古峡谷	203
入住藏家	203
强吉村的早晨	204
雍布拉康	204

哲古草原印象	205
羊卓雍措	206
雅江河谷	206
藏獒	207
清平乐·秀色才纳行	207
长相思·布达拉宫	208
念青唐古拉山	208
相见欢·当雄	209
纳木措	210
那根拉山口	210
日喀则	211
忆江南·灯芯树	211
忆江南·贵阳夜市	212
孟秋贵阳晨	212
安顺虹山湖	213
踏莎行·西江千户苗寨秋游	213
忆江南·凯里行	214
忆江南·双彩虹	214
雨后春城	215
云南楚雄州印象	215
云南祈愿铃	216
忆江南·云南哀牢山	217

南华菌宴	217
柳州印象	218
柳州饭店	218
忆江南·夜游柳侯祠	219
广西柳州民族油茶	219
相见欢·南宁南湖公园	220
南宁青秀山	220
长相思·再向青海行	221
踏莎行·青海迎宾	222
青海手抓羊肉	222
清平乐·青海大学	223
湟　水	224
浣溪沙·呼市晚秋晨	224
忆江南·深秋大青山	225
忆江南·呼市初夜观月	225
清平乐·雷山鱼酱	226
苗族迎宾	226
凯里康养	227
忆江南·苗族多声部情歌	228
芦笙演奏	228
新时代背景下苗医苗药传承创新发展研讨会	229

忆江南·贵阳城　229
过息烽　230

世间常怀感恩心　逝者安息千古存

追忆慈母　233
悼念胡正海教授　234
陈庆松先生仙逝二十年祭　234
祭母文　235
祭　亲　236
忆江南·缅怀顾方舟　236
踏莎行·岳母百日祭　237
长相思·阅《追忆胡宽》　237
悼任毅教授　238
忆江南·慈母仙逝六年祭　239
腊月祭祖　239
江城子·母亲董月蓝诞辰九十二周年祭　240
悼念沙振方老师　241
庚子清明祭　241
瞻仰苏武墓　242
悼念张志芬同志　243

后　记　244

民族医药花灿烂

守正创新共向前

浣溪沙 · 贵州民委调研感赋[①]

黔地苗药天下传,

地域独特美自然。

夜郎闲草多灵验。

欣逢盛世良政兴,

传承创新迈步坚。

多措并举开新天。

——2020年9月11日

黔东南苗侗医药调研感赋[②]

苗侗瑶居黔东南,

---

① 参加由国家民族事务委员会组织的"十四五"民族医药"传承与创新"重大科技攻关项目调研工作,赴贵州省民族宗教事务委员会调研,感赋一首。
② 黔东南苗族侗族自治州,位于贵州省东南部。苗侗等民族医药历史悠久,当地政府传承守正,对其进行保护、挖掘、创新。

民族医药史久远。
天然药源品种多,
积淀深厚特色鲜。
治技奇妙多措举,
安全有效疗病患。
传承守正不停步,
开拓创新更向前。

——2020年9月13日

苗侗医药文化街[①]印象

苗侗医馆市井开,
特色风光放异彩。
干鲜药材摆两行,
香气随风扑鼻来。
现场试用体疗效,
小把似草现场卖。
民族文化融其中,

---

① 苗侗医药文化街,位于贵州省黔东南州州府凯里市民族风情园B区,街内建有中医馆、苗医馆、侗医馆、各民族医药交流中心、养生体验馆等。

别样风情留脑海。

——2020年9月13日

相见欢·云南中医药大学① 调研

民族医药调研，

入云南。

中医药丰富有深内涵。

博物馆②，

门类全，

古今传。

民族医药发展迎春天。

——2020年9月14日

---

① 云南中医药大学，坐落于风景秀丽、四季如春的昆明，为云南省唯一一所中医药本科院校。
② 云南省中医药民族医药博物馆是云南省唯一的省级传统医药博物馆，坐落在云南中医药大学校园内。

蝶恋花·云南"民族医药'传承与创新'"座谈会①

植物王国百草乡。

民族医药,

交融各有长。

政府重视聚能量,

传承守正共担当。

特诊独药技多样。

文献整理,

更需再加强。

相互联合挖宝藏,

科技创新正能扬。

——2020年9月14日

盘龙云海②调研

药妆食械合发力,

---

① 参加"十四五"民族医药"传承与创新"重大科技攻关项目研讨会,聆听云南省医药界人士发言,即兴填词一首。
② 盘龙云海,即云南盘龙云海药业集团股份有限公司,是一家集药品研制、开发、生产、销售于一体的国际化制药企业集团。

各有特色共比翼。

二次开发聚能量，

联合攻关争胜利。

——2020年9月15日

清平乐·中国彝医药博览馆①

彝族医药，

博大精深妙。

理论体系逐浪高，

防治疾病良好。

医药贵在疗效，

持续发展今朝。

砥砺奋进前行，

传承创新开道。

——2020年9月15日

---

① 中国彝医药博览馆，是全国第一个以彝医药为主题的综合性博览馆，由楚雄彝族自治州中医院、云南省彝医医院建设。馆内收藏展出彝文古籍文献、彝药标本，古法制药工具，彝医药科研成果、专著、制剂样品等。

忆江南·爱尼山①药园

爱尼山，
药材种植园。
道地为本树品牌，
环境适宜最自然。
品质优良先。

——2020年9月16日

云南药乡药膳②

道地药材自然鲜，
食药相融烹药膳。
味道独具治未病，
调理扶正身康安。

——2020年9月16日

---

① 爱尼山，即爱尼山乡，位于云南省楚雄彝族自治州双柏县西南方，有"云药之乡，道地药材"之誉。
② 双柏国飞药膳庄园，位于云南省楚雄彝族自治州双柏县爱尼山乡。以当地药食两用药材精心制作药膳，风味独特。

南华[①]彝医药调研

九府通衢南华县，
汉彝白回同一天。
彝族医药成体系，
州立条例促发展。
白及黄精大种植，
生产管理依规范。
持续增长须发力，
科技合作共攻关。

——2020年9月16日

楚雄彝族自治州彝医药调研座谈会

楚雄彝族自治州，
历史文化深重厚。
风光旖旎山水秀，
民族医药特色有。

---

① 南华，即南华县，隶属于云南省楚雄彝族自治州。地处滇中高原、川、滇交通要道，素有"九府通衢"的美誉。

彝医药条例立规①，
传承守正大步走。
凝心聚力"十四五"，
滇中明珠竞风流。

——2020年9月17日

长相思·别柳州

山绕城，
水绕城。
日新月异人热情，
沐浴现代风。

味美浓，
茶美浓。
民族医药聚正能，
扬帆启新程。

——2020年9月19日

---

① 《云南省楚雄彝族自治州彝医药条例》是楚雄州制定的第一部民族自治地方单行条例，是经云南省人大批准的第一部彝族地方医药管理法规，也是我国第一部彝医药管理的地方性法规。

踏莎行·广西药用植物园[①]

药用植物，
聚集成园。
品种繁多不自满。
世界第一甲天下，
入吉尼斯气不凡。

本草精华，
造福人间。
风光旖旎入梦幻。
人间仙境何处寻？
广西药用植物园。

——2020 年 9 月 20 日

[①] 广西药用植物园，是中国及东南亚地区大型药用植物园之一。2011 年，英国吉尼斯总部以物种保存数量和保存面积两项指标，认证广西药用植物园为"世界最大的药用植物园"。

忆江南·广西万寿堂[1]

万寿堂,
民族品牌重。
壮乡资源造好药,
蓄势扬帆破浪行。
健康共追梦。

——2020年9月20日

广西中医药研究院[2]印象

桂中医药研究院,
沧海桑田阅变迁。
传承创新不停步,
壮瑶特色共发展。

——2020年9月21日

---

[1] 广西万寿堂,即广西万寿堂药业有限公司,是集研发、生产、销售于一体的高新技术制药企业。
[2] 广西中医药研究院,是广西创立最早、规模较大、学科较齐全,主要从事中药应用基础研究和中药新药开发研究的专业机构。

广西国际壮医医院调研有感

桂国际壮医医院,
引领新风大发展。
传承守正初心在,
科技创新更向前。

——2020年9月21日

更漏子·民族省区行

天半晴,
别南宁。
青山绿水共送。
黔滇桂,
走三省。
一路好心情。

踏归程,
稍休整。
青海再启新程。
沐秋风,

步不停。
心神自从容。

——2020年9月22日

青海民族大学药学院

青海民大药学院,
后起之秀气不凡。
研究人才迈步高,
乘风破浪更向前。

——2020年9月25日

青海省藏医院

民委考察藏医院,
洁白哈达捧客前。
传承精华归本真,
科技创新步履坚。

独特诊疗[①]效神奇，

扬名全国安病患。

而今迈步从头越，

再创辉煌开新篇。

——2020年9月25日

青海大学藏医学院

藏族医学千古传，

生命之树哲理含。

传承育人逐浪高，

科研奋进力无限。

——2020年9月25日

中国藏医药文化博物馆[②]

中国藏医药文化，

从古走来厚积淀。

[①] 青海省藏医院的"藏医药浴疗法"和"藏医放血疗法"被列入国家级非物质文化遗产名录。
[②] 中国藏医药文化博物馆，位于青海省西宁市。

《四部医典》①成体系，
《晶珠本草》②富内涵。
生命之路疾诊治，
未病预防越千年。
欣逢盛世国运开，
藏族医药大发展。

——2020年9月26日

忆江南·参观青海中医院中药材标本馆

道地药，
疗病更优异。
青海高原生态特，
民族药材更神奇。
护用共比翼。

——2020年9月27日

---

① 《四部医典》，是一部集藏医药医疗实践和理论精华于一体的藏医药学术权威工具书，被誉为"藏医药百科全书"。
② 《晶珠本草》，分上、下两部。上部为歌诀之部，以偈颂体写成，对每种药的功效进行概括论述；下部为解释之部，以记叙文写成，分别对每种药物的来源、生产环境、性味、功效予以叙述。

青海省藏医药研究院

医药研究平台建,

学科门类覆盖全。

基础理论细探索,

继承创新两翼展。

——2020年9月27日

青海省民宗委民族医药座谈会①

产学研用管聚集,

藏医药学共商议。

系统工程多学科,

项目筛选细分析。

强项联合同攻关,

各扬所长克难题。

传承守正不停步,

开拓创新齐努力。

——2020年9月27日

---

① 参加"十四五"民族医药"传承与创新"重大科技攻关项目研讨会,听取青海省有关部门发言,有感而赋。

浣溪沙·内蒙古国际蒙医医院[1]

国际蒙医三甲院,

特色诊疗门类全。

传承守正未间断。

开拓创新步不停,

大医精诚更高攀。

甘露滋润惠人间。

——2020年10月28日

参观内蒙古国际蒙医医院蒙医药博物馆[2]

穹顶似天阔而圆,

马背民族医药传。

典籍泛黄史悠久,

---

[1] 内蒙古国际蒙医医院,位于呼和浩特市,是以蒙医药医疗为主的集医疗、科研、教学、预防、保健、康复、急救、制剂于一体的现代化三级甲等蒙医综合医院。

[2] 内蒙古国际蒙医医院蒙医药博物馆,坐落在医院门诊圆形穹顶大厅二、三、四层南侧。共有三个展厅,馆藏有蒙医疗术铜人、教学唐卡、医疗器械等蒙医医史文物,以及蒙药材标本、古籍文献等。

传统疗法千百年。
药材来源动植矿，
加工处理求方便。
传统现代相融合，
守正创新更向前。

————2020年10月28日

蒙医特色诊疗

正骨独技史久传，
点穴效果立显现。
五疗外治除多疾，
身心多维预防先。
传统现代相融合，
优势互补术精湛。
大医仁心济苍生，
国际蒙医气不凡。

————2020年10月28日

呼和浩特市蒙医中医医院调研

蒙中医院共调研,

软硬两件大发展。

诊疗药研同迈进,

突出特色更向前。

——2020年10月28日

踏莎行·内蒙古大唐药业①

历史悠久,

深厚积淀。

蒙中化药共发展。

药品生产全周期,

大唐质量严把关。

欣逢盛世,

创新不断。

---

① 内蒙古大唐药业,即内蒙古大唐药业股份有限公司,是一家集蒙药资源开发、特色专科药和大健康产品研发、生产和销售于一体的综合性制药企业。

传承精华开新天。
民族医药智慧启，
健康产业永向前。

——2020年10月29日

内蒙古民委座谈会感赋①

蒙族医药座谈会，
产学研用敞心扉。
学科齐备各特色，
踊跃建言献智慧。
推心置腹同目标，
各抒己见真善美。
传承精华不停步，
守正创新再腾飞。

——2020年10月29日

---

① 参加"十四五"民族医药"传承与创新"重大科技攻关项目研讨会，听取蒙医药专家及各管理部门建言献策，有感而赋。

京城共议民族医药[①]

京城深秋天碧高，
旭日东升金光照。
民族医药事共商，
建言献策掀新潮。

——2020年10月30日

---

① "十四五"民族医药"传承与创新"重大科技攻关项目调研组赴贵州、云南、广西、青海及内蒙古调研，结束后在北京共议民族医药纳入国家"十四五"规划发展的有关建议，大家畅所欲言，建言献策。

同人努力争上游

同窗相聚乐无忧

京城旧友聚[1]

沐浴午阳离燕山,
极目天碧白云淡。
京城旧友喜相逢,
举杯共忆今生缘。

——2013年11月20日

温馨夕阳[2]

年近花甲共举杯,
同窗情谊最为贵。
数十年间如一日,
夕阳温馨共追随。

——2014年5月2日

---

[1] 赴北京参加国家食品药品监督管理总局药品注册会议。会议结束后,与在国家药典委工作的好友相聚,举杯共忆往昔情谊。
[2] 与原西安医学院(现西安交通大学医学部)同窗及校友赴汉中共进晚餐,即兴而赋。

青山永流芳①

暖风熏斜阳,

情谊酒陈香。

岁月东逝水,

青山永流芳。

——2016年4月28日

踏莎行·药化安监②

药化安监,

责重如山。

众志成城不畏难。

风雨兼程共奋进,

确保百姓用药安。

监管手段,

确保安全。

---

① 好友相聚,共忆岁月,情谊如酒,真诚永远。
② 笔者退休后,陕西省食品药品监督管理局应宏锋副局长组织召开安监分管工作交接座谈会。笔者即兴填词一首。

促进产业大发展。

监管帮促为中心,

真诚服务同向前。

——2017年1月3日

踏莎行 · 同窗花甲聚汤峪①

花甲相约,

人生几何!

光阴荏苒奏新歌。

往昔峥嵘岁月稠,

夕阳红艳从容乐。

社会变革,

霜雪打磨。

风雨同舟历坎坷。

赤子之心无怨悔,

一生奉献光和热。

——2017年9月23日

---

① 笔者夫人高翠霞毕业于陕西省榆林一中。四十多年后,与同窗好友相聚在西安汤峪,忆昔论今,填词纪念。

花甲重逢[1]

岁月悠悠花甲过,
人生匆匆一首歌。
抑扬顿挫皆乐耳,
各领风骚曲调和。

——2017年9月28日

情　谊[2]

医药学业结情谊,
数十年间似兄弟。
岁月流逝心依旧,
联系不多常惦记。

——2018年7月28日

---

[1] 赴北京参加国家食品药品监督管理总局中药保护委员会中药保护品种审评会议。几位年过花甲的老友相见,叹岁月流逝,世事变迁。
[2] 陕西省人力资源和社会保障厅曾组织医药学专家团赴北欧五国考察。同行医药同人再次相聚,情深意重。

中医魅力 ①

中医药学千年验,
民族繁衍功无边。
独特魅力天下传,
削足适履违本原。

——2018 年 10 月 22 日

校园秋韵 ②

天高云淡阳光灿,
秋风有意五彩染。
岁月印迹不停变,
无悔青春忆当年。

——2018 年 10 月 27 日

---

① 拜读《人民日报》《中国人把中医的"鞋"弄丢了!》一文,即兴感赋。
② 观大学同窗杨世民教授发来的西安交通大学医学部校园秋韵图影,感赋一首。

阅《青囊》①感赋

《青囊》未刊喜先阅,
一气读完暖心窝。
民间自有高手在,
大医精诚传奇多。
千载积淀凝智慧,
博大精深消疾疴。
盛世弘扬正能量,
文学为媒天下播。

——2018年12月2日

国术传②

名师高徒帖互换,
小儿推拿国术传。
教诲铭心攀高峰,
青出于蓝开新天。

——2018年12月23日

---

① 《青囊》为胡君先生(笔名愚公)所著,是一部描写民间中医药传承发展的长篇小说。
② 阅北京中医药大学于天源教授拜张素芳教授为师互换帖感赋。

长相思 · 迎春聚[①]

情悠悠，
意悠悠。
莲花餐饮同聚首，
举杯斟满酒。

天长久，
地长久。
岁月不居印痕留，
友谊更深厚。

——2019年1月25日

道地药材[②]

道地药材品质优，
安效出众史悠久。
推陈出新变必然，

---

① 陕西省食品药品监督管理局部分退休同人迎春聚会，即兴填词。
② 参加陕西省食品药品监督管理局陕西道地药材研讨会，即兴而赋。

后浪推前永不休。

——2019 年 2 月 16 日

踏莎行 · 桃花源①

渭水之南,
山塬沟间。
春风得意亲拂面。
杨柳吐翠麦苗青,
桃花源里芬芳传。

旧地重游,
登高放眼。
神怡心旷思潮卷。
同窗相会踏青来,
青春容颜更追远。

——2019 年 3 月 30 日

---

① 临潼新丰中学高七三级一班同学相聚于渭南桃花源。

同窗缘聚①

光阴似箭自飞度，
高中同窗聚乐悠。
对酒当歌言不尽，
韶华虽逝忆铭留。

——2019年7月30日

清平乐·新丰中学同窗情②

岁月不居，
青春已逝去。
四十六载风和雨，
旧地同窗又聚。

当年容颜不见，
华发皱纹饰面。
笑谈往昔依旧，
重逢恍如梦幻。

——2019年10月3日

---

① 高中同学相聚西安，恰逢刘光亚同学生日，举杯共贺。
② 高中毕业四十六年后，应邀参加新丰中学高七三级同学聚会。

同窗诗添力①

光阴似箭不可当,
岁月浪花任飞扬。
人生经历百千万,
笔端留痕聚成章。
同窗小诗添动力,
花甲之年气豪放。
迈步古稀志千里,
温馨浪漫度夕阳。

——2019 年 10 月 4 日

曾经容颜②

曾经容颜映眼前,
同窗情谊永远牵。
今生有缘乃天赐,
期待重逢相聚欢。

——2019 年 11 月 27 日

---

① 笔者将所著诗集《茗余集》《悦忆集》赠送高中同学,同学赋诗支持、鼓励和鞭策,即兴而赋以回复。
② 大学同学王随安、张秋香晒出我们曾经的照片,即兴而赋。

欢乐融①

花朵竞放韵味浓,
数字油画展新风。
岁月不居情谊留,
知足常乐融其中。

——2019年11月28日

四十载后又重逢②

冬月寒流侵古城,
同窗相聚沐春风。
岁月不居四十载,
重逢忘却花甲龄。
华发霜鬓面沧桑,
灿烂笑容依旧红。
举杯开怀言不尽,
人间正道情谊重。

——2019年11月29日

---

① 大学同窗发来自摄花卉、数字油画等作品,有感而发。
② 大学同学毕业四十年西安聚会,有感而赋。

大洋彼岸传情[1]

大洋彼岸飞信传,
魂牵梦萦夜无眠。
同窗情谊比金贵,
感恩万里珍藏缘。

——2019年11月30日

如梦令·冬月欢[2]

花甲依旧荡漾,
相会热情奔放。
重温校园梦,
青葱岁月成往。
同窗,
同窗,
情谊地久天长。

——2019年11月30日

---

[1] 侨居新西兰的大学同学郑改英,因故不能参加同学聚会,发来微信,表达对同学们的思念之情,阅后感赋。
[2] 同学聚会重游母校,有感而赋。

长相思·相聚心神醉[1]

你发言,
我发言。
往事回味泪水添,
心神共溯远。

你笑颜,
他笑颜。
掌声迭起乐无限,
同窗真情传。

——2019年11月30日

清平乐·重逢是首歌[2]

霓虹闪烁,
重逢是首歌。
四十春秋虽已过,

---

[1] 四十年后的重逢座谈会,同学们心情激动,有的言谈中热泪盈眶,场面感人,即兴填词一首。
[2] 同学聚会,共同K歌,气氛热烈而动人,有感而赋。

同学之情难舍。

放声一曲同桌,

音乐穿透心窝。

虽然天各一方,

友谊永不干涸。

——2019 年 11 月 30 日

长相思 · 别亦难 ①

你斟满,

我斟满。

美酒飘香情意传,

举杯一口干。

见亦难,

别亦难。

席尽仍然不想散,

情谊到永远。

——2019 年 11 月 30 日

---

① 毕业相见难,分别更难,同学们频频举杯,依依不舍。

蝶恋花 · 随安美篇[①]

图影滚动吸双眼。

思绪翻卷，

心神生震颤。

沧海桑田容颜变，

奔七音调似当年。

回味青春比蜜甜。

同窗情长，

时光割不断。

难舍别离泪满面，

道声珍重迎明天。

——2019年12月2日

巾帼须眉[②]

玉树琼花似天外，

---

① 大学同窗四十年后相聚，王随安同学制作美篇记录了聚会过程，阅后即兴填词一首。
② 阅大学同窗部分摄影作品后感赋。

满目洁白绝景开。

巾帼英姿共相融，

须眉惊叹仙女来。

——2019年12月2日

忆江南·绞股蓝[①]

绞股蓝，

秦巴金凤凰。

飞出大山惠百姓，

人间福报得安康。

真情水流长。

——2019年12月16日

花甲青春绽[②]

银发放歌天地动，

花甲绽放青春情。

[①] 参加安康市政府主办的绞股蓝产业发展座谈会，填词一首。
[②] 广东江门胡安翠同学发来礼赞祖国大合唱影像，即兴而赋以回复。

江门松翠迎新元,

礼赞祖国更强盛。

——2019年12月30日

大医精诚

呕心沥血治病患,

大医精诚天地鉴。

老骥① 伏枥志千里,

当代华佗应颂赞。

——2020年1月10日

踏莎行·陕西最美基层医生②

白衣天使,

医疗一线。

大爱无疆暖人间。

为民不辞万般苦,

方药简廉除病患。

---

① 指西安交通大学第一附属医院骨外科王民教授。

② 应邀参加"2020寻找陕西最美基层医生颁奖典礼",填词一首。

时光荏苒,
社会巨变。
救死扶伤立典范。
最美乡医众称颂,
慈心仁术正能传。

——2020年1月15日

庚子护士节①

白衣天使素妆亮,
救死扶伤爱无疆。
自身安危置度外,
只为苍生送安康。

——2020年5月12日

---

① 庚子年新型冠状病毒性肺炎疫情突发,白衣天使不辱使命,护士节来临,赋诗致敬。

忆江南·同窗①情

粤珍轩,

同窗聚开颜。

追忆岁月开口笑,

今朝华发举杯干。

人生乐向前。

——2020年6月3日

领头雁②

守正创新促发展,

积淀深厚更向前。

不忘初心为人民,

三秦中医领头雁。

——2020年8月9日

---

① 指昔日大学同窗。
② 陕西省中医药研究院(陕西省中医医院)以"传承精华,守正创新"为指导思想,打造三秦大地上的中医名院。

参加创新药物论坛有感①

秦巴汉水金风扬,
药界智慧聚安康。
创新国药齐努力,
济世为民功无量。

——2020年9月11日

无悔年华②

药海泛舟采珠丰,
桃李遍地各有成。
风雨兼程四十载,
无悔年华自从容。

——2020年10月16日

---

① 应邀参加安康北医大院士工作站揭牌仪式暨科技创新报告会,感赋一首。
② 喜阅由西安交通大学出版社出版、昔日同窗杨世民教授主编的《药事管理教育与研究》,有感而赋颂赞。

终南欢聚[1]

金风玉露霜降天，

云岚缭绕终南染。

农家小楼酒飘香，

新朋旧友共乐欢。

——2020 年 10 月 24 日

《岁月如歌　不负流年》[2]

青年豪迈出乡关，

胸怀天下道行远。

沧海桑田变不停，

勤奋努力克时艰。

秦地药监奠大基，

勇立潮头不畏难。

奉献余热育桃李，

---

[1] 与西安交通大学校友等欢聚终南山下五台古镇。
[2] 拜读陕西省食品药品监督管理局原副局长来撑福《岁月如歌 不负流年》图文，赏心悦目。深为老领导的人格魅力所感动！笔者也仿佛回到了激情燃烧的食药监岁月，心潮澎湃，难以忘怀，即兴赋诗一首，以表达阅后的感受。

夕阳余晖红无限。

——2020年11月12日

同窗① 聚临潼

奔七同窗喜相逢，
开心快乐聚临潼。
相识已达半世纪，
芳华不再情谊重。

——2020年11月13日

踏莎行 · 辛勤园丁桃李情②

六载春秋，

外事学院。

言传身教立典范，

---

① 临潼新丰中学高七三级一班同学。
② 陕西省食品药品监督管理局原副局长来撑福退休后，就职于西安外事学院。笔者有幸拜读其《一个曾经的外事人心中永远最美的梦（离职告别词）》，文笔流畅，语言生动，感情真挚，令人钦佩！珍贵影像资料相融其中，独具魅力！即兴填词一首，以表心声。

大爱无疆生如子。

知行合一骏德传。

高屋建瓴，

主动让贤。

为人师表责任担。

化鱼成龙掖后辈，

高风亮节众颂赞。

——2020年11月14日

纪念陕西药监成立二十周年感赋①

其一——激情燃烧济苍生

岁月如歌浪潮卷，

白手创建陕药监。

激情燃烧负重行，

---

① 拜读陕西省食品药品监督管理局原副局长来撑福为纪念陕西药监成立二十周年撰写的《负芒披苇 不辱使命 激情燃烧 争创一流》《与时俱进建"两网" 求真务实惠"三农"》《以药品"三统一"方式推进基本药物制度建设》三篇文章，心潮澎湃，即兴挥笔，赋诗填词，以志纪念！

不辱使命敢为先。
砥砺奋进创一流,
护佑百姓食药安。
江山代有才人出,
"虹阳精神"薪火传。

其二——浣溪沙·陕西药监建"两网"

陕西药监建"两网",
岐山全国树榜样。
以人为本正能扬。

因地制宜抓监管,
不断完善向前闯。
食药安全功无量。

其三——忆江南·陕西基药"三统一"

"三统一",
引领行业先。
功在当代利千秋,
遏制看病贵和难。

药改开新篇。

——2020年11月19日

上河大健康[①]

上苍恩赐结善缘，
河水长流润良田。
大道行远路宽广，
健步守正聚群贤。
康美事业功千秋，
嘉业兴旺开新天。
合力攻关步不停，
高峰勇攀更向前。

——2020年11月29日

---

① 参加陕西上河实业集团进入大健康产业专家会议，即兴而赋。

清平乐·旧影[1]

昔日影像,

眼前温馨亮。

陇县宣讲旧时光,

脑海浮现悠长。

白日田间寻访,

夜宿大队板床。

时光不居留痕,

奔七欢度夕阳。

——2020年12月6日

踏莎行·转业十年[2]

转业地方,

---

[1] 阅陕西省药监局朱秀国处长发来2010年陕西陇县宣讲中央一号文件成员留影(笔者为宣讲团成员之一),即兴填词一首,以志纪念!

[2] 拜读陕西省药监局朱秀国处长《转业地方 十年回忆》一文,感人至深。十年磨一剑,华发添新银,初心依旧在,军人风犹存。即兴填词一首。

十载回忆。

军人气质立天地。

放扑勤看顺应变,

听问记悟添动力。

日积月累,

点滴汇集。

爱岗敬业树正气。

"马上就办"见行动,

不忘初心创佳绩。

——2020年12月6日

校友风采①

名师高徒潮头勇,

药分健儿立新功。

行业创新不停步,

劳动模范获殊荣。

——2020年12月10日

---

① 西安交通大学校友冯宝璐,师从我国药物分析学专家贺浪冲教授,获硕士学位。2020年获"全国劳动模范"荣誉称号,赋诗敬贺。

沧海桑田生巨变

科技创新力更添

清平乐 · 六载春秋①

六载春秋,

两千日月走。

酸甜苦辣皆感受,

得失与共皆有。

回首往事烟云,

淡泊宁静谨慎。

诸多令人回味,

珍惜朝夕缘分。

——2010年12月20日

长相思 · 云生活②

天长久,

---

① 笔者2004年12月21日从陕西省药品检验所赴陕西省食品药品监督管理局药品注册处任职,到2010年12月20日,任职整六年感赋。
② 拜读同人《云生活》,填词回复共勉。

地长久。
信息技术竞风流,
云中任自由。

大道走,
小道走。
网络无限坐巡游,
新知共学求。

———2016年11月7日

创新战略联盟①

创新战略浪潮涌,
联合组团业共兴。
科技服务促发展,
示范引领争先锋。

———2017年5月17日

---

① 参加西安市科学技术局科技服务业创新战略联盟评审感赋。

东南沿海实弹演习①

东方实弹演练急,

昼夜对抗共交替。

武直飞驰奔目标,

光闪弹达灰烟起。

——2018年4月19日

第三个中国航天日②

太空广无垠,

探索认知新。

航天科翅展,

追梦无穷尽。

——2018年4月24日

---

① 2018年4月18日,陆军航空兵部队在东南沿海举行跨昼夜海上实弹射击演练,多型武装直升机密切配合,高效协同,全面检验陆航部队海上全天候作战能力。
② 中国航天日,是为了纪念中国航天事业成就,发扬中国航天精神而设立的一个纪念日。2018年4月24日是第三个"中国航天日"。

忆江南·泰科迈[①]

泰科迈，

合力聚精英。

人才辈出追赶超，

医药创新传正能。

健康攀高峰。

——2019年1月4日

秦申共享医药资源[②]

秦申西安共商药，

品种维护不可少。

源头过程齐抓管，

内控应设高指标。

配伍使用深研究，

过敏源控很重要。

循证研究须跟进，

---

① 泰科迈，即西安泰科迈医药科技股份有限公司。
② "秦"指陕西，"申"指上海。陕西、上海药物研究与生产单位共商医药研究资源共享，即兴而赋。

评价依规顺大潮。

——2019年1月5日

海军魂①

人民海军七十载，
英勇悲壮气豪迈。
劈波斩浪踏大洋，
深蓝演练展风采。
兵舰艇潜飞齐全，
巍然屹立天地开。
风云变幻不畏战，
威武迈进新时代。

——2019年4月25日

贺科管中心八名硕导②

科学研究无止境，

---

① 观看人民海军逐梦70载联合军演感赋。
② 陕西步长制药有限公司科研管理中心八名技术骨干被聘为硕士研究生导师，即兴而赋。

导师指引启后生。
教学相长开新路,
携手克难攀高峰。

————2019年4月29日

"五四"百年

五四运动一百年,
青春之歌精神传。
报效祖国志不改,
披荆斩棘更向前。
中华儿女多奇志,
梦想成真追超远。
时光似箭豪情在,
更看今朝开新天。

————2019年5月4日

忆江南·七七事变

卢沟桥,

八十二年前。

炮火烽烟滚滚来,

抗日壮士热血染。

不屈精神传。

——2019年7月7日

科创板①

科技进步无止境,

创新超越攀高峰。

引来金融共腾飞,

领航扬帆同追梦。

——2019年7月31日

贺西安正大制药成立二十五周年②

二十五载药业路,

砥砺前行写春秋。

---

① 科创板,是中国资本市场独立于现有主板市场的一个全新板块。
② 西安正大制药有限公司成立于1994年。值此公司成立二十五周年庆典之际,即兴而赋。

风华正茂看今朝,
盛世开拓立潮头。

——2019年9月30日

新中国七十华诞天安门广场大阅兵

天安门前万旗红,
威武雄壮大阅兵。
铿锵步伐撼世界,
尖端武器展雄风。
诸军将士气吞天,
整齐划一奔复兴。
而今迈步从头越,
祖国强盛不是梦。

——2019年10月1日

沁园春·第七届世界军人运动会开幕式①

武汉夜空,

---

① 观第七届世界军人运动会开幕式,即兴填词一首。

万彩飞腾,

军人运动。

盛会聚江城,

世界瞩目,

旌旗舞动,

追求和平。

薪火传承,

军人风貌,

华彩乐章展雄风。

天地人,

从远古走来,

和合争荣。

大千世界众生,

铸剑为犁追梦和平。

但愿人长久,

共享婵娟,

丝绸之路,

开启新程。

"一带"扬波,

命运与共,

五洲四海祥云浓。

中华龙,

奔腾力无穷,

复兴共赢。

—— 2019年10月18日

学习习总书记对中医药工作重要指示感赋

传承精华中医药,

守正创新迈步高。

和谐发展立世界,

复兴华夏健康道。

—— 2019年10月25日

东方淑女吴芳[①]

时代人物聚精英,

---

① 由天朗控股集团全程总冠名、时代人物杂志社主办的2019(第十届)时代人物主题年会"大唐长安 诗与远方"在陕西宾馆隆重举行。2019年度"中国绅士、东方淑女"榜单隆重揭晓,并举行了盛大的颁奖仪式。著名企业家、西安世纪盛康药业有限公司董事长吴芳上榜2019年度"东方淑女"榜单。

东方淑女开新风。
呕心沥血做良药，
大爱无疆济苍生。
科技创新挂云帆，
踏平坎坷攀高峰。
真情无悔健康路，
盛世巾帼傲群雄。

——2019年12月12日

贺《药事管理学》第六版[①]

药事管理编六版，
与时俱进新知添。
领衔学科带头人，
业精于勤树典范。

——2020年1月3日

[①] 大学同窗、西安交通大学医学部药学院杨世民教授编著的《药事管理学》第六版付印，赋诗恭贺。

岐黄传承开新篇[①]

岐黄故地启云帆,
传承守正开新篇。
而今迈步从头越,
风流人物今胜前。

——2020年3月7日

女侠张伟丽[②]

综合格斗神女侠,
拳脚组合腾挪达。
肘膝电闪身扭折,
狭路相逢豪气霸。
激烈争锋谁夺冠?

[①] 闻陕西省中医药研究院(陕西省中医医院)迁建工程——国家中医药传承创新工程,占地186亩,分两期建设。着力打造具有国内领先水平的中医药文化研究基地、中医药科技产业创新孵化基地、中药资源开发与产品研发基地,欣喜而赋。

[②] 张伟丽,综合格斗运动员,中国首位UFC冠军,也是亚洲首位UFC冠军。2020年3月8日,成功卫冕重量级金腰带。观其金腰带卫冕之战,感赋一首。

胜负难分众惊诧。

八方呐喊雷贯耳,

五局血拼红旗插。

——2020年3月9日

忆江南·中国北斗[①]

望北斗,

傲然行苍穹。

地球全部入视野,

服务世界无不能。

中华科技雄。

——2020年6月23日

[①] 北斗卫星导航系统,是中国正在实施的自主发展、独立运行的全球卫星导航系统。2020年6月23日9时43分,我国在西昌卫星发射中心成功发射了北斗三号全球卫星导航系统最后一颗组网卫星。北斗三号全球卫星导航系统星座部署全面完成。

天问一号①

长征五号射太空，
中国天问探火星。
星辰大海任遨游，
航天壮士圆新梦。

——2020年7月23日

水陆两栖飞机试飞成功②

陆起飞天下海中，
展翅再冲上苍穹。
中航工业创新机，
鲲龙振翅自由行。

——2020年7月26日

---

① 2020年7月23日，中国首次火星探测任务"天问一号"探测器，在海南岛东北海岸中国文昌航天发射场，由长征五号遥四运载火箭发射升空。
② 2020年7月26日，我国自主研制的大型灭火/水上救援水陆两栖飞机"鲲龙"AG600，在山东青岛附近海域成功实现海上首飞，为下一步飞机进行海上试飞科目训练及验证飞机相关性能奠定了基础。

地月合影①

天问一号行太空，

摄取地月同合影。

宇宙星辰探新秘，

不负众望遨苍穹。

——2020年7月28日

北斗三号全球卫星导航开通②

北斗导航全球通，

追求卓越不是梦。

星辰大海组新网，

服务世界功无穷。

——2020年7月31日

---

① 2020年7月27日，北京航天飞行控制中心飞控团队与中国空间技术研究院试验队密切配合，控制"天问一号"探测器在飞离地球约120万公里处回望地球，利用光学导航敏感器对地球、月球成像，获取了地月合影。

② 2020年7月31日上午，北斗三号全球卫星导航系统建成暨开通仪式在北京举行。北斗系统是党中央决策实施的国家重大科技工程。

忆江南·市长特别奖[①]

特别奖,

盛康铸辉煌。

济世良药天下传,

科技创新聚能量。

责任勇担当。

——2020年8月4日

金磁生物[②]

创新道路历艰难,

金磁生物开新天。

追求至臻终有成,

科学探究勇攀登。

——2020年8月7日

---

① 2020年8月3日,西安世纪盛康药业有限公司董事长吴芳荣获"市长特别奖",填词一首纪念。

② 崔亚丽,西北大学生命科学与医学部二级教授、陕西省有突出贡献专家,创立了西安金磁纳米生物技术有限公司。

步长生日祝福①

二十七载风雨兼,

一路高歌奔向前。

同舟共济踏浪行,

药海航程挂云帆。

守正创新不停步,

攀登高峰气冲天。

健康中国共携手,

盛世追梦开新篇。

——2020年8月28日

踏莎行·授勋②

抗疫英雄,

---

① 陕西步长制药集团成立于1993年8月28日,是一家集医药研究、生产、销售、诊疗服务和教育于一体的国内知名高科技健康产业集团。2020年8月28日是步长制药集团成立27周年纪念日,赋诗一首祝贺。
② 为隆重表彰在抗击新冠肺炎疫情斗争中做出杰出贡献的功勋模范人物,弘扬他们忠诚、担当、奉献的崇高品质,国家主席习近平签署中华人民共和国主席令,授予钟南山"共和国勋章",授予张伯礼、张定宇、陈薇"人民英雄"国家荣誉称号。填词颂扬。

国之脊梁。

主席亲授功勋章。

大难逆行天下颂，

救死扶伤气豪壮。

中华民族，

志坚如钢。

医者仁心责担当。

人类命运共同体，

不屈精神共飞扬。

——2020年9月8日

嫦娥五号探测器发射成功[①]

海南文昌天黎明，

嫦娥奔月穿苍穹。

地球之外采样本，

宇宙之间任穿行。

——2020年11月24日

---

① 2020年11月24日，我国在文昌航天发射场，用长征五号遥五运载火箭成功发射探月工程嫦娥五号探测器，火箭飞行约2200秒后，顺利将探测器送入预定轨道。

夺殊荣[①]

百强企业夺殊荣，

科技创新力无穷。

秦药品牌云帆启，

走向世界不是梦。

——2020年12月4日

嫦娥五号月球采样本[②]

成功采集月样本，

地外天体再起飞。

五星红旗映太空，

宇宙无垠展国威。

——2020年12月5日

[①] 工信部发布了《中国工业和信息化可持续发展报告（2020）》，评选出了全国百家优秀工信企业，陕西摩美得气血和制药有限公司获此殊荣，赋诗恭贺。

[②] 2020年12月2日，嫦娥五号顺利完成月表采样和封装，我国成为全球第三个攻克这项技术的国家。

"九章"[1]

中华儿女天下先,
量子计算出世间。
开拓创新里程碑,
突破万难捷报传。

——2020年12月5日

珠峰新高度

中尼元首共同宣,
珠穆朗玛世界巅。
南北相连友谊峰,
唇齿相依开新篇。

——2020年12月9日

---

[1] 2020年12月4日,中国自研的76个光子的量子计算机"九章"成功问世,刷新了全球量子计算的速度纪录。

忆江南·"极目"望远镜①

"极目"镜,
探测面广宽。
天体万象眼中收,
太空之间任意观。
科技力无限。

——2020年12月16日

嫦娥五号归②

嫦娥五号遨九天,
揽月采样今归还。
攻坚克难立丰碑,
星际探测开新篇。

——2020年12月17日

---

① 2020年12月10日,我国在西昌卫星发射中心用长征十一号遥九固体运载火箭将引力波暴高能电磁对应体全天监测器卫星成功发射升空,相关卫星又被称为"极目"望远镜。

② 2020年12月17日,携带2公斤珍贵月壤的嫦娥五号探测器完成任务,顺利返回地球。

临潼地铁通[①]

西安临潼地铁通,
巨龙穿梭无阻行。
历史文化一线牵,
现代科技力无穷。

——2020年12月28日

[①] 2020年12月28日,西安地铁9号线开始运行,临潼开启了"地铁时代"。

退休闲暇少烦扰

追求真理心朗照

简约天地宽 ①

月亮缺圆转，
世间多忧烦。
日常多自省，
简约天地宽。

——2012年5月4日

输　赢 ②

世俗论输赢，
心中自有秤。
天地生万物，
关爱真情重。

——2012年8月9日

---

① 同人共论世间忧烦，倡导严于律己，简单生活，快乐人生。
② 同人相聚谈论输赢，即兴而赋。

自然规律 ①

月亮盈亏乃自然，
本质依旧无改变。
春夏秋冬各不同，
地球永远是个圆。

——2012年11月5日

换位思考

理论研究无止境，
按图索骥易走形。
互相理解常换位，
人间真诚和谐生。

——2013年1月17日

和谐为上 ②

一年好春光，

---

① 观月圆月缺，感悟人生。
② 阅友人发来春日赏花影像，有感而赋。

花间人徜徉。

天地日月星,

和谐乃为上。

——2013 年 4 月 2 日

变化永恒[1]

人间不在言,

行动是关键。

变化乃永恒,

真情似青山。

——2013 年 5 月 23 日

宇宙天地

碧空如洗无尘净,

红日悬天洒光明。

天地之间时空穿,

胸怀宇宙自从容。

——2013 年 6 月 4 日

---

[1] 老友相聚,论岁月变迁,有感而赋。

知命之年[①]

五秩知天命,
福寿禄自定。
淡泊宁静悟,
乾坤蕴胸中。

——2013 年 6 月 24 日

宽　容[②]

心平气和多宽容,
天阔地广和谐生。
人生不平乃难免,
相互理解求大同。

——2013 年 7 月 22 日

---

① 知命之年指五十岁。出自孔子的《论语·为政》。同人知命之年,与其论人生,有感而赋。
② 与友人探讨人生不平之事,有感而赋。

一日三思①

人心贪婪没有底，

适可而止含哲理。

一日三思求和谐，

人生之路随天意。

——2013年8月8日

论傻聪②

红尘人海烟云动，

世间有缘方相逢。

傻聪标准谁划分？

唯有天地日月明。

——2013年11月1日

---

① 拜读友人短文，富含哲理，凡事均要适可而止，三思而行。
② 同人相聚，谈论傻聪如何定论。

论取舍[1]

舍得平安求,
知足乐无忧。
八九不如意,
夕阳红和柔。

——2014年5月24日

胸中行舟[2]

修炼无止境,
直到生命终。
有容天地大,
胸中船舟行。

——2015年6月18日

世间事[3]

世间事纷繁,

---

[1] 拜读同人《不同年龄取舍》,感赋一首。
[2] 友人相聚,畅所欲言,共论修炼,感赋一首。
[3] 同人聚畅谈世事,有感而赋。

各有不同难。

变化乃常态,

寻忧天亦变。

——2016年1月28日

信 任

信任之水润苗壮,

真情如镜影成双。

同一事物认知异,

视角不同盲摸象。

——2016年2月22日

长相思 · 年龄新标准[①]

旧标准,

新标准。

年龄乃人为划分,

大小笑中认。

[①] 拜读同人《青年人》一文,有感于其"人类年龄划分新标准,你是在青年还是中年?"的讨论,填词一首。

神态稳，
心态稳。
顺应变化莫较真，
地位乃浮云。

——2016年4月14日

爱①

倾听海纳万顷浪，
感恩天赐缘分长。
尊重如山风难撼，
宽恕柔水克硬钢。

——2016年5月20日

---

① 读短文"今天是5月20日，每个群里都在热情洋溢地庆贺，和大家一起解读爱（LOVE）的含义：'L'代表listen（倾听），'O'代表obligate（感恩），'V'代表valued（尊重），'E'代表excuse（宽恕）。所以我们要学会：倾听对方，感恩对方，尊重对方，宽恕对方"。感赋一首。

正道行畅

乌云一时狂,
终究多阳光。
心胸装天地,
正道任徜徉。

——2016 年 5 月 25 日

公正永在

奸算不如天,
众人压秤杆。
求得公正在,
感恩存永远。

——2016 年 7 月 7 日

退休欢[①]

退休小舟靠港湾,
风平浪静化风险。

[①] 退休时光,温馨从容,挚友相逢,对饮话不尽,人间重真情。

对饮放歌言不尽，
真情友谊共乐欢。

——2017年3月2日

香椿炒鸡蛋拌饺子皮①

明前椿芽初发萌，
肥厚嫩润泛暗红。
采摘蛋炒金翠荟，
煮拌饺皮引馋虫。

——2018年4月1日

捣练子·妹家杏②

杏黄红，
闻香浓，
入口酸甜汁液丰。

---

① 现采故乡香椿与鸡蛋炒制后，拌煮熟饺子皮，别有风味。
② 初夏时节，小妹家杏熟，回乡品尝，独特香味难忘，即兴填词一首。

清香四溢纯天然，

独特美味醉其中。

——2018年5月27日

简单快乐

动静进退顺自然，

荣辱得失放一边。

繁忙人生路悠长，

简单快乐幸福传。

——2018年9月20日

忆江南·新春一母同胞聚

喜新春，

真诚酒备全。

兄弟姐妹共一桌，

亲情共叙春寒暖。

世事无常变。

——2019年2月8日

故乡田园春色

清明后雨洗碧天,
麦苗争上互比肩。
油菜花谢果荚嫩,
香椿渐老不足鲜。
鸟馋青杏啄不停,
樱桃枝头露小脸。
柿子花蕾绿绒绣,
枇杷果实气不凡。

——2019年4月14日

微笑日[①]

人生有异共向前,
常带微笑气不凡。
坎坷平坦顺势为,

[①] 5月8日是世界微笑日。七十多年前,为了告诉世界,微笑是一种积极、健康的表情,世界精神卫生组织设定了这个节日。

健康快乐每一天。

——2019年5月8日

旧照感赋[1]

岁月不居忆昔年，
天真无邪未改变。
回眸旧照童心在，
浪漫人生乐其间。

——2019年6月1日

童年麦收季记忆

麦子黄

六一儿童节后大关中，
麦浪滚动金黄万顷。
布谷鸣脆此起彼伏，
吹响农人准备麦收的号声。

---

[1] 笔者自阅童年照片，即兴而赋。

磨镰备割

秋种冬藏春长夏收丰,
镰刀打磨利刃锋芒。
男女老少一起备战,
龙口夺食事关每个老百姓。

割　麦

烈日当头麦芒乱刺横,
弯腰挥镰连续不停。
手身痛痒全然不顾,
麦子整齐放倒横卧满田垄。

麦子拉运

牛马车架子车满载行,
沟坡之地人背上走。
麦捆源源流向场院,
好一派各尽所能众志成城。

麦　垛

麦捆入场垒垛各不同，
相互比邻方圆共荣。
大小金屋相映生辉，
无限喜悦洋溢在农家心中。

摊　场

火辣毒太阳炙烤不停，
摊场期待酷热更浓。
晒干水分麦粒易脱，
骄阳似火翻场合力共动。

碾　场

午后时光碾场始启动，
牛马拉着碌碡转行。
人声吆喝牛马喘息，
一派人畜合力劳作景象。

扬　场

粒糠混合堆放麦场中，
等待苍天恩赐来风。
瑞风来袭木锨铲扬，
糠粒相分麦粒聚集相拥。

晒　麦

晨起观天场院打扫净，
推开麦粒均匀摊平。
如火酷阳之下晒干，
脱水干燥风扬干净集中。

入　仓

民以食为天口粮最重，
颗粒归仓大功方成。
丰收果实辛劳而获，
时光流淌童年记忆永恒。

——2019年6月3日

退休做减法[1]

光阴似箭华发生，
事业未竟后人勇。
退休理应做减法，
健康快乐共践行。

——2019 年 6 月 20 日

周末桥梓口

古城西街桥梓口，
风味小吃吸眼球。
人流涌动解嘴馋，
香气浓郁品不够。

——2019 年 6 月 29 日

---

[1] 与学长交流退休后心得，即兴而赋。

夏日桃园 ①

夏日桃园枝头红，
挂满彩色小灯笼。
伸手摘下品一颗，
甘甜爽口滋味浓。

——2019 年 7 月 3 日

长相思 · 最亲

母最亲，
父最亲。
不图回报献真心，
养育恩最深。

思无尽，
念无尽。
儿女无时不牵魂，

---

① 指故乡桃园。

天伦乐温馨。

——2019 年 7 月 28 日

江城子 · 退休四年整

花甲四年前退岗，
东也忙，
西也忙。
世界周游，
国内山水赏。
夕阳温馨又从容，
任自由，
天地广。

岁月如歌添新章，
发增霜，
自欢畅。
时光不居，
偶发少年狂。

青藏高原步登天,
沙海穿,
傲骨强。

———2020年12月29日

诗书画影皆精彩

诗词交流诉热爱

花之魂 ①

画展满壁生光辉，
花鸟万千神韵随。
春夏秋冬各风骚，
五彩七色心神醉。

——2017 年 6 月 17 日

花间逸趣 ②

纸上集精粹，
花间细腻绘。
笔下化神奇，
鲜活生韵味。

——2017 年 6 月 18 日

---

① 陕西省美术博物馆举办"花之魂·2017 当代中国花鸟画邀请展"，观后感赋。
② 笔者参观陕西省美术博物馆举办的"花间逸趣·当代中国花鸟画条屏展"，即兴而赋。

润泽岭南[1]

岭南画派肇新风，
中西合璧共相融。
承古不泥润泽美，
山水万象藏虎龙。

——2017 年 6 月 19 日

葳蕤春光[2]

大画壮美透灵性，
笔锋苍劲展雄风。
万紫千红江山娇，
跃然纸上入其境。

——2017 年 6 月 20 日

---

[1] 陕西省美术博物馆举办"润泽岭南·当代岭南山水画邀请展"，观后感赋。
[2] 陕西省美术博物馆举办"中青年艺术家专题展"——"葳蕤春光·李雪松花鸟画作品展"，观后感赋。

得　趣[①]

草木造奇境，

禽鸟神韵生。

相合共益彰，

心神入画行。

——2017 年 6 月 21 日

南方风神[②]

绿树青山拥房舍，

小桥流水环古阁。

扁舟穿梭荷叶摇，

群鸭伸脖共高歌。

——2017 年 6 月 22 日

---

① 陕西省美术博物馆举办"中青年艺术家专题展"——"得趣·许晓彬中国画小品展"，观后感赋。
② 陕西省美术博物馆举办"中青年艺术家专题展"——"南方风神·叶其嘉中国画作品展"，观后感赋。

苍浑气格 ①

浓墨重彩展奇雄,

生机盎然神韵浓。

气势恢宏蕴诗意,

立体风范活灵动。

——2017 年 6 月 23 日

踏莎行 · 写意中国 ②

写意中国,

满目硕果。

书法神韵舞龙蛇。

思心飞扬行天地,

古今相融共一歌。

江山多娇,

---

① 陕西省美术博物馆举办"中青年艺术家专题展"——"苍浑气格·黎柱成中国画作品展",观后感赋。
② 2017 年 6 月 30 日,由中国国家画院、陕西省文化厅共同主办的"写意中国·2017 中国国家画院国画、书法篆刻作品巡展"在陕西省美术博物馆开展,观后感赋。

波澜壮阔。
世间万象入生活。
风格各异目不暇，
经典新风任评说。

——2017年7月8日

吞吐大荒①

岭南奇才许钦松②，
山水画展富诗性。
笔墨灵动绘世界，
海浪青峰韵相融。
云天无限峭崖峙，
湖光云影绿林重。
道统意境化万千，
咫尺之间蕴无穷。

——2017年7月16日

---

① 2017年7月15日，"吞吐大荒·许钦松山水画展"在陕西省美术博物馆开展，观后感赋。
② 许钦松，国家一级美术师，享受国务院特殊津贴。

梅馨月韵总关情[1]

墨迹逶迤气恢宏,
飞龙走蛇雅无穷。
古风新韵化神奇,
品味不尽一生情。

——2017 年 7 月 27 日

美丽乡愁[2]

秦地纵横美山川,
古风新韵象万千。
四季如画皆风景,
醉入乡愁永相恋。

——2017 年 8 月 9 日

---

[1] 2017 年 7 月 26 日,由陕西省书法家协会和洛南县政府主办的"梅馨月韵总关情——何伯群书法艺术展"在陕西省美术博物馆开展,观后感赋。

[2] 2017 年 8 月 2 日,由陕西省文学艺术界联合会、陕西省美术家协会主办的"美丽乡愁·陕西文化旅游名镇美术作品展览"在陕西省美术博物馆开幕,观后感赋。

相由心生[1]

守正重典视震撼，
博大精深心灵参。
梦境山水氤氲汇，
自然生命仪万千。
恣意出奇心造境，
笔线墨韵真亦幻。
天马行空任驰骋，
相由心生道自然。

——2017年8月9日

风 骨[2]

毫端舞春风，
浓淡墨雅正。
刀石铭铮骨，

---

[1] 2017年8月2日，"相由心生——姚鸣京艺术展·西安站"在陕西省美术博物馆开幕，观后感赋。
[2] 2017年8月25日至29日，由陕西省书画院主办的"'风骨·陕西省书法院奖'首届全国书法篆刻作品展"在陕西省美术博物馆举办，观后感赋。

方圆铸刚硬。

——2017年8月26日

"今日丝绸之路国际美术邀请展"①

丝路美术聚精华,

万种风情入雕画。

百家争鸣妙工巧,

各领风骚传天下。

大漠长河关山月,

时空穿越古今达。

太平盛世多奇才,

神来妙笔美无瑕。

——2017年9月23日

---

① 2017年9月7日至10月7日,"第四届丝绸之路国际艺术节今日丝绸之路国际美术邀请展——书法篆刻展"在陕西省美术博物馆举办,观后感赋。

《苍鹭—鱼》①

苍鹭万姿秀技巧,
鱼儿千般自逍遥。
笔墨淡雅化神奇,
淋漓尽致功自高。

——2017年11月2日

高原·高原②

气势磅礴山河壮,
四季入画好风光。
自然人文美不尽,
灿烂夺目映吉祥。

——2017年11月2日

---

① 陕西省美术博物馆举办周京新"《苍鹭—鱼》系列画展",观后感赋。
② 2017年10月28日至11月28日,"高原·高原——第六届中国西部美术展中国画年度展"在陕西省美术博物馆举办,观后感赋。

《雨后牡丹》[1]

雨后牡丹诗韵飞,
清新出浴满华贵。
娇雅红绿黄金蕊,
彩蝶恋花自惭愧。

——2017 年 11 月 24 日

《西岳》[2]

群山起伏争比肩,
一峰万仞破青天。
苍龙挺脊力无穷,
疑似仙境落人间。

——2017 年 12 月 12 日

---

[1] 欣赏友人国画作品《雨后牡丹》感赋。
[2] 西岳指华山,为中国著名的五岳之一。欣赏朋友画作《西岳》感赋。

大国之翼①

一飞冲天国翼展,
艰难探索苦攻关。
群策突破傲苍穹,
独具匠心梦实现。

——2017年12月25日

春花竞芬芳②

春花桃李竞芬芳,
绿翠争上共徜徉。
青山淡岚扶彩画,
人间三月胜天堂。

——2018年3月22日

---

① 2017年12月23日至25日,"大国之翼——中国大飞机研制历程摄影巡回展"(西安站)在陕西省图书馆开展,观后感赋。
② 欣赏同人白安亚巡视员摄影音乐集萃,音乐美景相协,令人赏心悦目。

上善若水[1]

上苍赐生命,
善良大地正。
胸怀能行船,
水润万事成。

——2018年4月3日

春风满秦川[2]

白云悠然碧天蓝,
春风得意满秦川。
田园风光信步游,
天伦之乐幸福传。

——2018年4月15日

---

[1] 观友人《上善若水》书法作品感赋。
[2] 欣赏马平先生蓝田春游踏青影像,感赋一首。

骊山春装①

骊山春来换新装，
青翠欲滴花怒放。
重峦叠嶂云飞渡，
天地祥和好风光。

——2018年4月16日

《梦回长安》②

七彩斑斓夜不眠，
时空穿越满长安。
古典现代相融合，
恍若置身仙境间。

——2018年10月3日

---

① 欣赏马平先生《四月骊山春景图》，感赋一首。
② 观赏同人白安亚巡视员摄影作品《梦回长安》，感赋一首。

文化传承[1]

诗词牵念常相守,
岁月变迁永驻留。
文化传承万象新,
每日有赋乐长悠。

——2019年2月11日

贺陈更[2]

诗词大会聚群雄,
巾帼须眉共争锋。
冲出重围喜夺冠,
愈挫愈勇贺陈更。

——2019年2月14日

---

[1] 观看《中国诗词大会》第四季第七场感赋。
[2] 陈更,陕西咸阳人,北京大学博士,《中国诗词大会》第四季冠军。

踏莎行 · 《中国诗词大会》第四季

诗词大会,
拥抱初春。
激扬文字震古今。
少青百行各英雄,
荡气回肠惊心魂。

灿烂文化,
历久弥新。
时空穿越一脉吟。
风流人物看今朝,
神州不尽飞雅韵。

——2019 年 2 月 15 日

安塞腰鼓

安塞腰鼓气恢宏,
足跃手舞震耳鸣。
欢天喜地新时代,
黄土高坡映彩虹。

——2019 年 2 月 27 日

春光诗韵

春花竞放柳吐翠,

老骥伏枥壮乾坤。

俯首审核① 细斟酌,

精神食粮胜黄金。

——2019年3月15日

踏莎行 · 拜读《牛山诗文选》②

神奇牛山,

诗文汇编。

雅风悠韵品不凡。

人文历史变迁集,

荡气回肠令人赞。

汉水流远,

秦岭横天。

华夏精神根基连。

---

① 校核诗词书稿。
② 《牛山诗文选》,陕西省安康市诗词学会秘书长李波著作。

青山绿水书新章,
太平盛世正能传。

——2019年5月15日

高山登顶①

顽石成精气不凡,
高山之顶欲登天。
群峰拱拥齐奋力,
云岚仰望共惊叹。
笑傲江湖独一帜,
秋风呼啸同呐喊。
自然万物皆变化,
唯有人类力无限。

——2019年10月16日

蝶恋花 · 北山行

北山秋色茵秀萌。

---

① 阅友人登秦岭顶赏石诗而赋。

道路蜿蜒,
盘旋越高峰。
七彩斑斓叶有情,
共绘自然美画丛。

金风吹过新潮涌。
各竞风流,
红色情最浓。
莫道时光流不停,
醉入此景忘归程。

——2019年10月18日

快乐夕阳[①]

《衰老》诵读气铿锵,
生命之路任我航。
天高路远风霜打,
无悔年华迎夕阳。

——2019年11月3日

---

① 聆听大学同学杨焕正朗诵《衰老》一文,有感而赋。

长相思 · 拐弯 [1]

水也转，
人也转。
避障绕碍行向前，
拐弯路更宽。

晴也天，
雨也天。
审时度势顺应变，
无处不新天。

——2019年11月18日

游历素描感赋 [2]

骑游豫鲁赏美景，
速写笔下意境浓。
无悔青春好年华，
峥嵘岁月忆永恒。

——2019年11月19日

---

[1] 读《拐弯的力量》一文，即兴填词一首。
[2] 阅马平先生三十多年前游历素描感赋。

2020 星辰大海 ①

《红旗颂》启生共鸣,

心神荡漾融其中。

《天鹅湖》乐音悠扬,

精气神韵共相融。

舞曲如潮跌宕起,

心神醉入起伏涌。

轻松欢快春步迈,

文化自信中国风。

——2020年1月5日

蝶恋花·追梦 ②

大千世界天地中。

人间醉美,

一曲诉真诚。

天真烂漫女儿情,

托付爱恋红尘梦。

---

① 应邀参加2020"幸福制药·星辰大海"新年音乐会,感赋一首。
② 赏电影《女儿情》,听动情音乐,有感填词一首。

清规戒律谁人定?
羽化成仙,
双飞共圆梦。
牛郎织女久长等,
跨越银河终相拥。

——2020年1月6日

情谊如山①

雪花飞舞添浪漫,
峥嵘岁月常牵念。
时光流逝情如山,
冰雪化水恒不变。

——2020年1月13日

摄影艺术②

千姿万态入镜头,
人文自然和谐融。

---

① 欣赏歌曲《殇雪》,赋诗一首。
② 欣赏爱好摄影的朋友发来的摄影艺术交流群作品,感赋一首。

生活百味留诗意,
赏心悦目醉其中。

——2020年1月18日

冬荷风骚[1]

风雨霜雪曾入塘,
冬荷水中生万象。
自然手笔绘无限,
独领风骚画万张。

——2020年1月30日

《兰亭集序》摹本[2]

兰亭临摹起三更,
持之以恒七载整。
莫道铁杵磨成针,

---

[1] 观朋友摄影系列作品《冬荷》,赋诗一首。
[2] 欣赏长安大学人文学院段联合教授赠送的《兰亭集序》临摹书法作品,欣喜而赋。

海墨润笔已豪雄。

——2020年2月5日

和《弈趣》[1]

黑白对垒互争锋,
你来我往斗智勇。
东西南北无硝烟,
无限乐趣融其中。

——2020年2月6日

庚子元宵[2]

庚子元宵赋诗收,
侠肝义胆豪气流。
花甲童心似当年,
温馨从容度春秋。

——2020年2月8日

---

[1] 和长安大学人文学院段联合教授《弈趣》诗一首。
[2] 庚子元宵节收到西安交通大学第一附属医院付和睦教授所赋诗一首,即兴而赋以回复。

赞杨凡[①]

其 一

诗韵飞扬任逍遥,
风流人物看今朝。
翰墨飘香随心起,
七律十首逐浪高。

其 二

诗心合韵神飞扬,
人海红尘绽墨香。
腹有文章气自华,
日月照耀大道畅。

——2020年3月14日

---

① 杨凡,都市头条网格律诗词文苑主编。

春光无限 ①

春风得意碧天蓝,
绿竹葱茏互比肩。
阳光明媚枝头闹,
百花争艳绽笑颜。

——2020年3月14日

南国风光 ②

春光明媚碧天远,
白云懒散自悠然。
南国风光无限美,
木棉花开红烂漫。

——2020年3月14日

---

① 阅友人发来春日风光影像,即兴而赋。
② 阅广西南宁黄素高同学发送的南宁春天木棉花开风光,有感而赋。

三月玄武湖①

清水碧波轻荡漾，
柳丝婆娑吐鹅黄。
玄武湖中满春风，
拥入君怀任徜徉。

——2020年3月14日

梦回扬州②

昔春同窗游扬州，
无限风光脑海留。
一曲醉歌梦里回，
瘦西湖中荡兰舟。

——2020年3月15日

---

① 欣赏江苏南京柴彦同学发送的春游南京玄武湖照片，即兴而赋。
② 欣赏江苏同窗发的歌曲《烟花三月下扬州》视频，脑海浮现1982年5月与同窗共游扬州，泛舟瘦西湖中的情景，感赋一首。

咏春花 ①

吟诗咏春花,

韵浓自高雅。

群芳各争艳,

娇姿传天下。

——2020 年 3 月 18 日

人间镜影 ②

春花娇嫩竞风流,

柳色轻柔舞绿袖。

碧水清波动镜影,

人间仙境梦中游。

——2020 年 3 月 21 日

---

① 拜读长安大学人文学院段联合教授《七绝·春咏十二首(中华通韵)》,回复一首。
② 学习欣赏西安交通大学人文社会科学学院邬焜教授摄影及咏春诗,有感而发。

瑞雪桃花[①]

雪压桃花瑞气来,

红白相融仙境开。

无限美景收眼底,

江山多娇国安泰。

——2020年3月29日

曲江春[②]

诗情画意曲江春,

水碧花红柳嫩新。

雁塔入云观变化,

芙蓉园中醉游人。

——2020年3月31日

---

① 陕西省人社厅原巡视员温新民发来瑞雪伴桃花影像及诗一首,笔者即兴而和。

② 拜读长安大学人文学院段联合教授《七律·春游曲江(二首)》,有感而赋。

七律 · 五月飞红颂英雄[①]

花开绿盛竞相荣,
碧水青山韵意浓。
塞北江南齐努力,
人间正道共飞红。
疫情防控不松懈,
复产开工相向行。
世界之林看华夏,
天翻地覆颂英雄。

——2020年4月22日

诗词共乐欢

五月鲜花映红天,
姹紫嫣红神州染。
诗词文苑[②]传正能,
放飞心神共乐欢。

——2020年5月1日

---

① 都市头条网格律诗词文苑《红五月》同题诗。
② 指都市头条网格律诗词文苑。

七绝 · 世界同五一 ①

江山如画映新红,
世界东西庆祝同。
历史长河翻巨浪,
勤劳奉献最光荣。

——2020年5月1日

七绝 · 青春担当 ②

青春绽放力正蓬,
岁月如歌颂绿红。
世界变迁追梦远,
中华振兴后生擎。

——2020年5月4日

---

① 都市头条网格律诗词文苑《红五月》同题诗。
② 都市头条网格律诗词文苑《红五月》同题诗。

七绝·思母①

母驾鹤去永难还,
儿女逢节望九天。
总恨无期思更切,
相逢梦中恍如前。

——2020年5月9日

悦耳泉声②

青山有意留君停,
尽显妩媚绿意浓。
清泉叮咚奏乐曲,
醉入自然忘归程。

——2020年5月19日

蝶恋花·岁月如歌

岁月如歌一杯酒。

---
① 都市头条网格律诗词文苑《母亲节特刊》——《七绝·思母》。
② 欣赏友人发送的登山图文,即兴而赋。

往事回味，

温馨萦心头。

终南秋叶阴岭秀，

蓝田溶洞脚步留。

今朝各忙难聚首。

微信传言，

自然竞风流。

应如初见思长久，

健康快乐忘忧愁。

——2020年5月21日

七律·儿童节感怀[①]

岁月不居任自淌，

儿童节近麦穗黄。

领巾飞舞春风里，

斗志昂扬少壮强。

如画江山添俊秀，

---

① 都市头条网格律诗词文苑《六一特刊·童年》——《七律·儿童节感怀》。

书声荡漾展锋芒。
奔七莫叹夕阳近,
还有诗心向远方。

　　　　　——2020 年 5 月 30 日

七律·思父[①]

父亲仙逝数春秋,
每忆不禁泪奔流。
少遇母丧度日难,
青年学技付无收。
壮回乡土从商业,
守信诚实正义求。
童叟无欺皆颂赞,
如山大爱永传留。

　　　　　——2020 年 6 月 21 日

---

① 都市头条网格律诗词文苑《父亲节》同题诗。父亲朱成仓,生于 1920 年农历六月初十,卒于 2006 年农历二月初十。2020 年 7 月 30 日(农历六月初十)是父亲百年诞辰,赋诗缅怀父亲。

七绝 · 端午[1]

千秋端午史长河,
屈赋《离骚》万古歌。
华夏文明发祥地,
而今迈步再登科。

——2020年6月23日

七律 · 红船颂[2]

南湖碧浪九州连,
红色扬帆创纪元。
浴血抛头为百姓,
镰刀锤头倒三山。
东方已晓雄鸡舞,
北斗导航巨龙宣。
国泰民强跟党走,
喜看日月换新天。

——2020年6月29日

---

[1] 都市头条网格律诗词文苑《端午节》同题诗。
[2] 都市头条网格律诗词文苑《红船》同题诗。

七律 · 人民军队①

南昌起义旗开胜,
万里长征世界惊。
艰苦抗战驱日寇,
百万雄师占金陵。
援朝抗美国威立,
自卫还击战必赢。
敌灭我心仍不死,
人民军队铁长城。

——2020年8月1日

七绝 · 七夕②

民间史海颂传奇,
爱恋真诚不变移。
会面鹊桥守约定,
牛郎织女聚七夕。

——2020年8月24日

---

① 都市头条网格律诗词文苑《八一》同题诗。
② 都市头条网格律诗词文苑《浪漫七夕》同题诗。

相见欢·又赏再相聚[①]

典藏影像重现,
又见面。
幸福美好时光汇屏前。

人生短,
理还乱,
真情传。
随安美篇温馨铭心间。

——2020年8月25日

张季鸾[②]

报界宗师张季鸾,
弘扬正义求客观。
文章报国立天地,
品德流芳万代传。

——2020年9月13日

---

① 欣赏大学同窗王随安发送的再聚会影像资料,填词共欢。
② 张季鸾(1888—1941),名炽章。陕西榆林人,中国新闻家、政论家。

七绝 · 秋分 ①

秋分昼夜等分长,
塞北江南五谷香。
天上人间同变换,
缤纷彩叶胜春光。

——2020 年 9 月 22 日

七绝 · 中秋颂 ②

清风圆月九州明,
天上人间喜乐同。
仰首举杯邀亲友,
月下起舞醉其中。

——2020 年 9 月 30 日

---

① 都市头条网格律诗词文苑《秋分啊秋分》同题诗。
② 都市头条网格律诗词文苑《国庆中秋》同题诗。

西安高新二小赠书①

玉露金风旭日照,
赠书高新第二小。
传统文化共传承,
欣喜校园掀高潮。

——2020年10月9日

真情永恒②

视频映眼掀思潮,
往昔岁月梦里遥。
春光已逝追不回,
唯有真情永不老。

——2020年10月13日

---

① 应西安高新第二小学高杨杰校长倡导,笔者赠送《悦忆集》(第一、二、三辑)二百七十六册给西安高新第二小学,共同推广弘扬中华诗词文化。
② 拜读陕西省人社厅原巡视员温新民发来的视频及配文"我多想春光不老,回首往事乐逍遥,一滴一节成回忆,让我们坐下慢慢聊",即兴而赋。

蝶恋花 · 秋雨

秋雨缠绵思万千。
露珠晶莹,
叶片尖挂满。
阳光数日藏云端,
云雾缭绕满长安。

自然规律岁月转。
阴阳平衡,
防疾未怠慢。
心自知四季冷暖,
诗意生活永相牵。

——2020 年 10 月 14 日

诗词歌赋同喜爱

高山流水知音来,
诗词歌赋同喜爱。
十载岁月仍如初,
春心荡漾拥入怀。

——2020 年 10 月 22 日

忆江南 · 重阳[①]

秋光美,
菊艳传分芳。
天地之间共喜庆,
人间正道逢重阳。
真善美齐扬。

——2020年10月23日

踏莎行 · 《风雨撷华》[②]

呕心沥血,
风雨撷华。
历史人文真情达。
博学有心集精粹,
热爱生活行天下。

德艺双馨,

---

① 都市头条网格律诗词文苑《九九登高》同题诗。
② 拜读西安交通大学第一附属医院付和睦教授著作《风雨撷华》,感赋一首。

意气风发。

刚正不阿诗韵雅。

文采飞扬阅沧桑,

执着奔放玉无瑕。

——2020年10月25日

清平乐·《声情同映》[①]

珍贵影像,

心神共荡漾。

声情同映绽华章,

大美世界共享。

诗意高雅豪放,

情景相融欢畅。

形式取材广泛,

志趣和睦传芳。

——2020年10月26日

[①] 拜读西安交通大学第一附属医院付和睦教授著作《声情同映》,感赋一首。

往事墨中化

岁月不居十年整,
往事墨中化永恒。
诗情画意好时光,
心有灵犀一点通。

——2020年10月26日

柿挂满枝①

霜降叶落现红柿,
如意硕果挂满枝。
温馨浪漫大自然,
健康快乐共此时。

——2020年10月27日

---

① 陕西省人社厅原巡视员温新民发来柿果满枝照片,笔者即兴而赋回复。

七绝·电影梦萦[①]

少时电影忆朦胧，
无数先驱树英雄。
历史传承为己任，
正能播传力无穷。

——2020年10月31日

七律·抗美援朝七十周年[②]

抗美援朝七秩秋，
英雄儿女竞风流。
爬冰卧雪身更勇，
炮火枪林志不休。
地动山摇上甘岭，
惊魂动魄松骨峰。
红旗插满"三八线"，
华夏军魂壮气留。

——2020年10月31日

[①] 柳城《电影三字经》连载二十三《电影梦》同题诗。
[②] 都市头条网格律诗词文苑《英雄帖》同题诗。

枝头鸣喜①

双鸟枝头共鸣喜,
万柿艳红皆如意。
秋风扫叶枝头净,
独特风光最秀丽。

——2020 年 11 月 11 日

知己无忌②

酒逢知己千杯少,
言语任意乐逍遥。
知心话儿无所忌,
忘却年龄开口笑。

——2020 年 11 月 17 日

---

① 阅陕西省新药审评中心郝武常主任发来影像,有感而赋。
② 与退休同人共聚,畅所欲言。

巾帼雄[1]

高山之巅卧石峰，
侧耳倾听呼啸风。
举杖擎天一枝秀，
红旗漫卷巾帼雄。

——2020年11月17日

扇面水墨画[2]

水墨小品蕴意深，
生活情趣富诗韵。
世间百态纸上现，
一代大师任焕斌。

——2020年11月18日

---

[1] 欣赏友人发来登山影像，即兴而赋。
[2] 欣赏西安美术学院任焕斌教授2020年扇面水墨小品选登，感赋一首。

洛河石砌诗韵传 ①

洛河石产大自然,

鬼斧神工雕万千。

水流打磨铸灵魂,

巧手堆砌诗韵传。

——2020年11月20日

胜券握

晨雾弥漫气犹寒,

雪漫道路行车难。

参加答辩②君行早,

胸有成竹握胜券。

——2020年11月23日

---

① 欣赏陕西省人社厅原巡视员温新民发来的洛河石头摆放的各种造型影像,听《小小石头》的问候音频,即兴而赋。
② 校友参加陕西省科学技术厅项目答辩,赋诗鼓励。

岁月添新轮①

旭日初升天地红,

不居岁月水流东。

生命年轮又添新,

夕阳余晖温馨融。

——2020年11月26日

七律·除夕②

神州万里彩灯红,

爆竹声鸣惊夜空。

子鼠迎春春永驻,

金牛送福福无穷。

江山一统中华梦,

天地齐欢胜利功。

十亿人民开伟业,

千秋万代尧舜丰。

——2021年2月9日

---

① 2020年11月26日(农历十月十二日)是笔者生日,感赋一首。
② 都市头条网格律诗词文苑《除夕》同题诗。

春夏秋冬共一歌

冷暖变化天地和

湖面冬行

严冬湖冰封，
逍遥水上行。
脚下如镜面，
恰似回童年。

——2016年1月21日

琼楼玉宇

风携雪花舞长空，
天地一色半朦胧。
琼楼玉宇新世界，
吉祥如意瑞气浓。

——2016年1月31日

雨后夜空

雨后夜空静,
玉盘别样明。
星星似眼睛,
心心相呼应。

——2016 年 4 月 18 日

忆江南·湿热

暑气蒸,
湿热浸古城。
周围连日乌云聚,
甘霖不降无用功。
龙王失职能。

——2016 年 7 月 11 日

榆林暴雨

电闪雷鸣天河倾,
水漫大地波浪涌。

塞上暑日变化急，

凉气杀来热无踪。

——2016年8月12日

火烧云

秋高晚霞飞，

西天火烧云。

万里色彩动，

壮阔望无垠。

——2016年8月28日

十六月圆

八月十六月最圆，

冰清玉洁悬九天。

温柔银光伴和风，

吉祥如意满人间。

——2016年9月16日

深秋柿子树[1]

深秋柿树叶落净，
枝头挂满小红灯。
神来之笔天然画，
独领风骚成一景。

——2016年10月30日

塞上[2]立冬

四望高天云无踪，
大漠无际任驰骋。
树枝叶落草干黄，
红柳枝条笑寒风。

——2016年11月7日

---

[1] 深秋，柿子树叶尽落，红果挂满枝头，形成一道亮丽风景。
[2] 此处指内蒙古鄂尔多斯市。

踏莎行 · 小雪时节 ①

漫天皆白,

枝头玉垒。

大雪狂舞步乱醉。

天公做主尘霾净,

自然神力化作美。

寒流滚滚,

冰封流水。

玉宇澄清今又回。

莫道金山银山好,

人间安康更为贵。

——2016年11月22日

珠海初冬印象 ②

飞机降落碧海岸,

---

① 小雪是二十四节气中的第二十个节气。时间在每年公历11月22日或23日。
② 赴广东省珠海市参加中国医疗保健国际交流促进会中医康复理疗分会2016年工作总结大会,时值初冬,即景感赋。

满目青翠润双眼。
榕树枝叶舒展袖,
青竹摇曳舞步欢。
空气含湿气清新,
更有枝头花烂漫。
东道远迎情意浓,
宾至如归共开颜。

——2016年12月9日

水仙花

鳞茎遇水萌绿芽,
数日生长茎吐花。
娇小玲珑迎春来,
伞状鹅黄香天下。

2017年2月5日

初春柳芽嫩

柳枝残叶未褪尽,
新芽紧贴已吐新。

春风摇曳绿意浓，
生命之歌振心神。

——2017年2月23日

小鸡闹春

面南庭院春来早，
绿点初露添新娇。
小鸡离巢喜若狂，
欢鸣追逐啄绿闹。

——2017年3月4日

小满风雨急[①]

狂风呼啸尘飞疾，
残枝败叶乱空起。
骤雨敲窗欲躲身，
地面水花泡叠密。

——2017年5月22日

---

① 丁酉鸡年小满时节，天气骤然变化，即景而赋。

夜听蛐叫声[1]

夏夜过半热气减,
忽闻阳台蛐声欢。
卧床有此催眠曲,
随梦融入大自然。

——2017年7月1日

瑞雪世界

数九寒天雪复来,
童话世界素一彩。
神州万里玉姿娇,
江山如画瑞气开。

——2018年1月6日

紫气东来

吉[2]祥欢快挥手去,

---

[1] 笔者房屋阳台摆放着几盆花草,夜半闻蛐蛐叫声,心神俱欢,恍若回归田园生活。
[2] 指农历丁酉鸡年。

旺[①]乘春风喜临门。
神州万里共佳节，
紫气东来万象新。

——2018年2月14日

春光好 · 祥瑞升

风轻暖，
灯笼红，
人笑容。
神州万里喜涌，
祥瑞升。

天地万象更新，
爆竹激越燃鸣。
春光铿锵迈大步，
高歌行。

——2018年2月15日

---

① 指农历戊戌狗年。

三月早春

春风浪漫绘画新,

绿翠花艳织新锦。

芬芳扑鼻满长安,

温馨三月醉游人。

————2018 年 3 月 30 日

春光好 · 春雨

春雨贵,

天有情,

连日蒙。

三秦共融其中,

湿润浓。

生命之源为水,

蓬勃色彩得荣。

风光无限天地宽,

共争雄。

————2018 年 4 月 13 日

长相思 · 初夏雨

天蒙蒙，
雨蒙蒙。
乱云漫卷雾流动，
湿雨润古城。

山隐形，
楼隐形。
只缘身在仙境中，
清凉扑面迎。

——2018 年 5 月 10 日

和谐相融[①]

芙蓉半开黄蕊露，
昆虫一双立花头。
晶莹水珠润叶面，
动植和谐共风流。

——2018 年 6 月 26 日

[①] 晨露晶莹剔透，一对昆虫立半开芙蓉花头，动植物和谐共生，其乐融融。

如梦令·孟秋品宋词

天高云淡凉入，
青纱万里五谷。
绿茗煮清香，
案头宋词入驻。
注目，
注目，
梦里时空飞度。

——2018年8月31日

秋色染秦岭

巨龙①穿越出秦岭，
烟雨雾蒙锁汉中。
色彩变换秋风染，
飞驰观景恍如梦。

——2018年9月13日

---

① 指高铁。

阳台花争荣

雾霾连日袭长安,
寒风凛冽叶飞乱。
陋室阳台花争荣,
内外分明两重天。

——2018年12月3日

北疆秋色 ①

北疆秋色惹人醉,
世外桃源此处寻。
山静水流林木重,
炊烟木桥梦幻真。

——2019年1月13日

初春路旁观小草

寒气尚未消,
路旁绿点闹。

---

① 指新疆天山以北地区。

翘首看世界,

欢呼春已到。

——2019年2月21日

长相思·己亥春首雪

山裹银,

川裹银。

素颜无际天地新,

一色洁美俊。

雪迎春,

风迎春。

江山多娇嫩芽蕴,

生命齐奋进。

——2019年2月11日

玉 雕

入夜梨花悄然潜,

山凝河封玉雕满。

吉祥千里新世界，
瑞气万象美无限。

——2019年2月18日

己亥长安上元节

玉沙化露润长安，
灯海灿烂羞河汉。
玉盘有意共元宵，
日新月异叹人间。

——2019年2月19日

春雨过后

春雨过后碧天净，
阳光明媚暖意浓。
润气弥漫满田园，
绿色潮涨竞峥嵘。

——2019年3月3日

忆江南·春阳暖

春阳暖，
背北面向南。
温馨浪漫沐柔风，
闭目养神醉如仙。
睡梦自香甜。

——2019年3月6日

暖风吹新绿

大地回春绿色泛，
暖风得意花蕾鲜。
一年又逢好时光，
蓬勃生机共盎然。

——2019年3月7日

相见欢·四月秦岭

四月春漫秦岭，

千花盛。

青山绿水万物共争荣。

风儿轻，

鸟欢鸣，

溪流清。

心神荡漾融入自然中。

————2019年4月7日

凌霄花①

攀缘升高视野新，

夏来凌霄绽俊颜。

绿叶丛中透艳红，

简约独特胜似春。

————2019年7月4日

---

① 凌霄花，紫葳科凌霄属攀缘藤本植物。

风云突变

骄阳似火正炽狂,
龙王不服自登场。
忽见南山风云变,
倾盆大雨送清凉。

——2019年7月28日

长相思 · 秦岭深处

云飞动,
雾飞动。
四周青山半朦胧,
溪流奏乐声。

花儿萌,
叶儿萌。
山水有情又重逢,
共醉忘归程。

——2019年8月18日

高塘竹溪里①

青纱起伏望无垠,
秦岭高耸穿薄云。
高塘古镇竹溪里,
东府新景梦里寻。
小桥流水划舟行,
亭台楼阁掩映深。
逍遥自在信步游,
小憩品茶倍温馨。

——2019 年 8 月 31 日

荷塘②秋

秋高气爽高塘游,
荷叶叠翠满目收。
莲蓬伸头互比肩,
花白如玉竞风流。

——2019 年 8 月 31 日

---

① 竹溪里,位于陕西省渭南市华州区高塘镇境内,有"关中小江南"之誉,为陕西旅游特色名镇和重点建设的渭华革命老区。
② 荷塘,指陕西省渭南市华州区高塘镇柿村荷塘。

清平乐 · 南山脚下论健康产业 ①

秋阳灿烂，
秦岭北麓边。
巍峨青峰互比肩，
小桥流水田间。

清风徐徐扑面，
硕果累累枝繁。
纵论健康产业，
说道颐养天年。

——2019 年 9 月 23 日

金桂飘香 ②

秋阳灿烂照满天，
微风吹拂抚脸面。
一股清香扑鼻来，
抬头桂花枝头绽。

——2019 年 9 月 24 日

---

① 与同窗好友同游秦岭脚下，共论健康产业，填词一首。
② 金秋时节，新家坡小区院内即景而赋。

今日又重阳

烂漫秋阳送寒凉,
青叶泛黄又重阳。
菊花绽放风中立,
脱俗雅致透清香。
每逢佳节倍思亲,
岁月流淌念更长。
人生常怀感恩心,
笑迎未来身安康。

——2019年10月7日

蜡梅傲雪①

金黄蜡梅气不凡,
洁白雪粒共相挽。
笑傲三九独一帜,
娇嫩之躯不畏寒。

——2020年1月17日

---

① 观雪中金色蜡梅,即景而赋。

庚子雨水

雨水光临多变幻,
嫩芽无声枝头绽。
桃杏飞花正当时,
浪漫春潮共期盼。

——2020年2月19日

蝶恋花 · 雨润无声

春雨潜入无声悄。
枝头挂珠,
晶莹姿颜娇。
花开又谢相互闹,
自然循环永不老。

生命之源水奇妙。
抚育万物,
世界共妖娆。
人间冷暖自然调,
红尘共荣乃正道。

——2020年2月27日

庚子春分

春分花绽满古城,

浪漫风摇秀娇容。

日月天地齐呼唤,

生发之树嫩芽重。

——2020 年 3 月 20 日

郁金香①

春风偏爱郁金香,

姹紫嫣红齐怒放。

万千粉黛何可比,

醉入怀中心花漾。

——2020 年 4 月 1 日

长相思 · 多彩春天

左花开,

---

① 欣赏王随安同学所摄郁金香,即兴而赋。

右花开。

人间四月最多彩,

浪漫拥入怀。

天有爱,

地有爱。

春风得意百花开,

芬芳传天外。

——2020年4月9日

倒挂金钟①

倒挂金钟紫嫣红,

满室馨香韵味浓。

百态千姿娇不尽,

动人妩媚色玲珑。

——2020年4月18日

---

① 倒挂金钟,柳叶菜科倒挂金钟属植物。别名灯笼花、吊钟海棠。

庚子立夏

别春立夏万葱茏,

绿水青山五谷芃。

如画江山光照长,

风流各竞景新浓。

——2020 年 5 月 5 日

长相思 · 恋山

云翩跹,

岚翩跹。

青山绿水远近连,

秦岭景变幻。

风舒缓,

行舒缓。

心神醉入大自然,

流连忘返还。

——2020 年 5 月 25 日

平流云①

气候异常多变幻,
平流云层现长安。
错落高楼隐现动,
疑是仙境落人间。

——2020年7月27日

池塘秋色

水天彩云镜影映,
秋草展枝入池塘。
又是夏秋交替时,
万千色彩共徜徉。

——2020年8月12日

长相思 · 孟秋渐行远

晴半天,

---

① 2020年7月26日,西安出现罕见平流云,蔚为壮观,美不胜收。

阴半天。

初夜细雨洒不断，

清凉喜扑面。

望东边，

望西边。

孟秋将别渐行远，

白露到眼前。

——2020年9月5日

忆江南 · 庚子白露

天渐凉，

露珠挂叶上。

玲珑剔透自然赐，

晨光映照闪烁亮。

仲秋始登场。

——2020年9月7日

又闻丹桂香

秋风送来丹桂香,
温馨浪漫沁心房。
淡雅清新脱俗气,
醉满人间传芬芳。

——2020年9月29日

层林尽染

层林尽染秋意浓,
红叶胜花更争荣。
山峦起伏画延远,
身临其境秀无穷。

——2020年10月20日

荷花仙子

小巧玲珑玉无瑕,
池水清澈透淡雅。
一身正气心神静,

荷花仙子质秀佳。

——2020年11月7日

天空梨花

天空梨花簌簌下，
轻盈飘逸美无瑕。
大地开怀迎娇子，
洁白气质秀儒雅。

——2020年11月22日

天南地北任逍遥

风光无限抒怀抱

兰州坐观黄河 ①

兰州坐观黄河浪,
华灯相映叙悠长。
同人举杯更进酒,
酣畅淋漓神飞扬。

——2012 年 6 月 10 日

黄河清波 ②

黄河水聚生碧浪,
清澈蜿蜒无际长。
游艇飞驰觅踪远,
共醉美景心神扬。

——2012 年 6 月 11 日

---

① 赴兰州参加学术会议,与甘肃同人在黄河岸边饮酒畅谈。
② 与甘肃同人共乘游艇游黄河刘家峡水库。

踏莎行 · 沿黄公路[①]游

金秋十月，
陕北驾游。
黄河西岸任自由。
大河浩荡北向南，
公路起伏穿云走。

昔日天险，
而今车流。
风光旖旎赏不够。
盘古开天看今朝，
富民大道风光秀。

——2017年10月3日

[①] 沿黄公路，是陕西省沿黄河西岸修建的一条南北向观光公路，北起榆林市府谷县墙头乡，南至渭南市华山莲花座，沿途串联陕西4市12县50余处名胜古迹景点。

神木二郎山①

二郎山高入云端,
楼台亭阁错落连。
香雾升腾兆祥瑞,
家国兴旺天下安。

——2017年10月3日

丰图义仓②

黄河西岸古城堡,
丰图义仓独风骚。
沧桑巨变功能传,
追昔抚今思潮高。

——2018年9月4日

---

① 神木二郎山,俗称西山,因山体中部有两处凸起,状如骆驼双峰,又名"驼峰山"。素有"陕北小华山"的美称,成为神木的标志性景观。
② 丰图义仓,是始建于清光绪八年(1882年)的一座仓库,位于陕西省大荔县朝邑镇,是中国目前所存无几的清代大型粮仓之一。至今仍保存完好,并且还在继续发挥储粮作用,成为我国粮食行业历史上一颗璀璨的明珠。

如梦令 · 黄河湿地秋[①]

黄河秋风欢唱,

湿地五谷丰登。

枣儿开笑颜,

绿叶叠满荷塘。

飘香,

飘香,

北国江南风光。

——2018 年 9 月 4 日

黄河龙门[②]

黄河奔腾咆哮前,

龙门两山欲截拦。

水剑挥舞开通道,

飞身翻滚入秦川。

——2018 年 9 月 4 日

---

① 孟秋时节,笔者游览沿黄公路渭南段大荔至合阳黄河湿地,观景填词一首。

② 龙门,是黄河的咽喉,古道两侧刀劈斧削般的石崖就像两扇石门,河水奔腾,破"门"而出,黄涛滚滚。传说这里就是大禹治水的地方,故又称禹门。"鲤鱼跃龙门"的典故也来源于此。

冬临白云山庙[①]

白云生处庙宇连,
黄河浮冰似玉船。
山高水长签灵应,
香客遍及晋蒙陕。

——2019年1月18日

黄河乾坤湾[②]

自然神笔绘万千,
天地共造乾坤湾。
黄河蜿蜒生奇景,
巨龙腾飞越重山。

——2019年1月18日

[①] 白云山庙,又名白云山白云观。位于陕西省榆林市佳县县城南5公里的白云山上,东距黄河西岸约1公里。
[②] 乾坤湾,位于陕西省延安市延川县。乾坤湾是一幅天然太极图,是黄河古道秦晋峡谷上一大天然景观。

龙　湾[1]

九曲黄河大龙湾,

金色石林天下传。

逶迤磅礴造化奇,

风雨雕琢象万千。

——2019年8月9日

黄河石林二十二道弯[2]

二十二道弯,

悬崖中盘旋。

望而生畏惧,

车行心胆寒。

——2019年8月9日

---

[1] 龙湾,位于甘肃省白银市景泰县。
[2] 黄河石林二十二道弯,指从黄河石林景区到山下龙湾村的通道,全长2.3公里,蜿蜒曲折,垂直落差206米,却拐了22道弯。

黄河倒流[1]

黄河生奇观,
倒流在龙湾。
东转西向行,
浊浪汹涌翻。

——2019年8月9日

沁园春·黄河石林[2]

黄河石林,
风雕雨镂,
壁立万仞。
气势磅礴壮,
好似镀金。
十二生肖,
抽象传神。
雨后春笋,

---

[1] 指甘肃省景泰县中泉乡一带,东流的黄河拐了一个大弯,出现由东向西"倒流"的奇景。
[2] 游黄河石林,观独特风景,大自然之美令人惊叹,填词一首纪念。

比肩争高,
互不服输冲天奔。
一线天,
自然生天险,
雄关幽深。

雄鹰回眸探寻,
西天取经道路艰辛。
巨石鬼斧劈,
排山倒海,
万千气象,
自然雄浑。
三蛙仰头,
吞天笑口,
大鞋形象可乱真。
神工巧,
奇观甲天下,
美景醉人。

——2019年8月10日

相见欢 · 白银黄河岸边花海

姹紫嫣红花海,

百媚开。

各竞风流千姿秀万态。

花放彩,

蝶秀爱,

共开怀。

全神醉入其中童心来。

——2019年8月10日

处女泉春①

春风又绿处女泉,

蛙声争鸣水两岸。

清波欢快争荡漾,

---

① 处女泉,位于陕西省合阳县洽川镇洽川风景名胜区的芦荡之中,茂密的芦苇为处女泉围成一道天然屏障。处女泉实际上是一个泉群,大小泉眼难以计数。站在泉边望去,泉水冲起金黄的细沙,汇集成一个巨大的"蝴蝶",故有"蝴蝶泉"之美称。

渔翁垂钓自悠然。

——2020 年 3 月 25 日

长相思 · 春闻黄河蛙声

左蛙声，
右蛙声。
此起彼伏互争鸣，
处女泉喷涌。

风儿轻，
云儿轻。
楼台亭榭水影动，
恍如梦中行。

——2020 年 3 月 25 日

春日秦晋黄河岸

黄河无际远连天，
波涛翻滚奔向南。

春风得意绘新画,
秦晋两岸挂绿帆。

———2020 年 3 月 25 日

长相思 · 庚子春游大荔沙苑①

红一片,
白一片。
花儿争荣黄河岸,
温馨浪漫传。

水连天,
山连天。
生机盎然绿满眼,
春风力无限。

———2020 年 3 月 25 日

---

① 大荔沙苑,位于陕西省大荔县苏村镇,地处洛渭两河交汇之处,地下水资源丰富,在槽形谷地形成许多沼泽湖泊,是中国最大的内陆沙漠,也是陕西省首个国家级沙漠公园。

忆江南 · 黄龙①

黄龙腾,
吞天紫气生。
青山环抱绿水流,
世外桃源有此境。
融入恍如梦。

——2020年6月10日

黄龙翠涛②

青山连绵起伏远,
不尽翠涛绿浪卷。
夏日避暑何处去?
独领风骚黄龙山。

——2020年6月11日

---

① 黄龙,即黄龙县,地处黄土高原丘陵沟壑区,位于陕西省延安市,境内群山绵亘。笔者游览黄龙县街景及雕塑,填词一首。
② 初夏,雨后黄龙山青山绵绵,满眼翠绿,令人十分惬意。

西宁七月

油菜花谢枝头稀,

麦穗青绿田野碧。

七月西宁爽如春,

夏都①避暑最合宜。

——2020年7月9日

踏莎行·晨观高原②

东方泛白,

高原渐醒。

列车飞驰自从容。

洁净彩云碧空舞,

无垠草地绿浪重。

大美青海,

恍若仙境。

---

① 西宁自然环境独特,每年七八月份清风习习,气候凉爽宜人,被人们称为"夏都"。
② 清晨列车奔驰于青藏铁路青海段,欣赏窗外风光,即景填词一首。

身随巨龙天路行。
独特风光赏不尽,
心旷神怡醉其中。

——2020年7月10日

沱沱河①

沱沱河水天际来,
高原奔流步不怠。
裁剪绿毡添生机,
青草牛羊和谐态。

——2020年7月10日

三江源②

草水相融紧相连,

---

① 沱沱河,位于青海省格尔木市南域唐古拉山镇,是长江源的源头之一。
② 三江源,即三江源地区,位于我国青海省南部,是世界屋脊——青藏高原的腹地,也是长江、黄河、澜沧江三条大河的发源地,水资源极为丰富,素有"中华水塔"之称。

清波荡漾细浪欢。

细雨蒙蒙添神秘，

三江源头别样天。

——2020年7月10日

唐古拉山[①]

唐古拉山耸云霄，

暑日洁白分外娇。

天水汇集江起始，

身临其境比天高。

——2020年7月10日

雨后藏北高原[②]

苍天如洗映深蓝，

青绿无垠相互连。

云雾舞姿飘逸动，

---

① 唐古拉山，位于中国西藏自治区东北部与青海省交界处（青藏高原），终年积雪。
② 指西藏自治区那曲市安多县。

远离浮华心自安。

——2020年7月10日

措那湖①

措那湖碧浪花欢,
滋润青青大草原。
水鸟穿梭任嬉闹,
牛羊食草自悠然。

——2020年7月10日

米拉山口②

米拉山口大风起,
经幡招展欲飞急。
呼吸急促脚不稳,

---

① 措那湖,位于西藏自治区那曲市安多县,处于念青唐古拉山和昆仑山山脉之间,是世界上海拔最高的淡水湖,是青藏铁路沿线著名景点之一。
② 米拉山口,即西藏米拉山的山口,这里是拉萨到林芝旅游线上的一个休憩之地。

雨携寒气透肤肌。

——2020年7月11日

车行川藏线① 拉林318国道

车行缓慢向高盘,

云雾飘浮梦幻间。

溪水清流银练落,

草花遍野紧相连。

——2020年7月11日

西藏林芝②行

云雾缭绕漫青山,

尼洋河③奔浪赴前。

空气湿润清肺热,

---

① 川藏线,即成都至拉萨线,被公认为中国路况最险峻、通行难度最大的公路。
② 林芝,即林芝市,是西藏自治区的一个地级市,古称工布。位于西藏东南部,雅鲁藏布江中下游。林芝风景秀丽,被誉为"西藏江南",有世界上最深的峡谷——雅鲁藏布江大峡谷。
③ 尼洋河,是雅鲁藏布江的支流,两岸森林植被完好,风光旖旎,景色迷人,河水清,含沙少,是当地人民的"母亲河"。

山川翠绿似江南。

时而碧空阳光照,

瞬间雷声雨撒欢。

人间天堂林芝美,

盛名之下不虚传。

——2020年7月11日

林芝石锅鸡①

林芝特色石锅鸡,

西藏王室宴中奇。

本土食材质优良,

天然岩石②混烹技。

一道美味天下传,

清香四溢汤鲜异。

---

① 林芝石锅鸡,是一道源于西藏王室"赞普宴"的神秘藏菜,采用当地土鸡,加入藏药等,味道鲜美。
② 林芝石锅鸡烹饪的厨具必须是墨脱石锅。墨脱石锅,历史悠久,源于新石器时代。墨脱石锅含有人体所需的钠、镁、钾、锌、铁、钙等16种元素,在熬煮食物的过程中能促进蛋白质肽链水解为氨基酸,使得游离氨基酸的含量增加,熬煮的食物味道鲜美,营养丰富。

众人食后齐声颂,
尊古不泥添新意。

——2020年7月11日

佛掌沙丘①

雅鲁藏布江岸边,
佛掌沙丘生奇观。
大千世界无不有,
神妙景观出自然。

——2020年7月11日

雅鲁藏布大峡谷

群峰耸立与天连,
峡谷深长世领先。
白浪翻穿飞跃下,
撞击石岸震声传。

——2020年7月11日

---

① 佛掌沙丘,位于西藏自治区米林县丹娘乡的雅鲁藏布江北岸,是一座矗立在河边的佛掌形状的沙丘,非常奇特。

南迦巴瓦峰①

夏日南迦巴瓦峰，
白雪覆盖秀娇容。
云雾弥漫半含羞，
偶尔有幸睹真容。

——2020年7月12日

卧龙奇石②

自然圣手雕万千，
江水冲刷奇石变。
形态各异任想象，
各种物形入眼帘。

——2020年7月12日

---

① 南迦巴瓦峰，地处喜马拉雅山脉、念青唐古拉山脉和横断山脉的交会处，是中国西藏自治区林芝市最高的山。南迦巴瓦峰别称"木卓巴尔山"，其巨大的三角形峰体终年积雪，云雾缭绕，从不轻易露出真面目，传说十人九不遇，所以它也被称为"羞女峰"。

② 卧龙奇石，位于西藏自治区林芝市米林县卧龙镇，是由雅鲁藏布江江水常年冲刷而成的。枯水时期，形似大象、猴子、宝塔等形状各异的礁石露出水面。

达古峡谷[1]

高山夹川一线天,
浊浪翻滚涛声传。
巨石错乱列战阵,
水流撞击声震撼。
猕猴悠然道旁戏,
牦牛漫步汽车前。
东雨西晴变不停,
车移四望皆景观。

——2020年7月12日

入住藏家

夜幕降临入藏家,
热情周到把话拉。
用具简洁净而全,
宾至如归心情佳。

---

[1] 达古峡谷,位于西藏自治区桑日县与加查县交界处,东与加查县的藏木乡交界,西与桑日县的沃卡为邻,属于仅次于林芝雅鲁藏布江大峡谷的西藏第二大峡谷。

黎明炊烟已升起，
熬制爽口酥油茶。
天赐机缘时虽短，
别时难舍献哈达。

——2020年7月13日

强吉村① 的早晨

旭日初升霞满天，
极目山头金色染。
啾啾鸟鸣送远客，
强吉村住不思还。

——2020年7月13日

雍布拉康②

雍布拉康立半山，
拾级而上似登天。

---

① 强吉村，隶属西藏自治区山南市琼结县拉玉乡。
② 雍布拉康，是西藏历史上第一座宫殿，也是西藏最早的建筑之一。据史书记载，其始建于公元前2世纪，为第一代藏王聂赤赞普建造，后成为松赞干布和文成公主在山南的夏宫。

金顶映日光四射,
历史悠久渊源远。

——2020年7月13日

哲古草原印象①

海拔高度已接天,
云雾低头亲吻脸。
遍地牛羊青草绿,
探头鼠兔窜行欢。
暑天七月徐风冷,
身套衣衫亦觉单。
灿烂阳光明媚照,
逍遥其间活神仙。

——2020年7月13日

---

① 哲古草原,位于西藏自治区山南市措美县县城东北部50公里处。一碧万顷的芳草,远处连绵起伏的雪山,神态悠闲的成群牛羊,融合在蓝天白云之下,形成了诗一般的美景。

羊卓雍措①

高山云雾碧青穿,
绿水扬波荡漾前。
岚舞轻盈舒广袖,
羊卓雍措远尘凡。

——2020年7月14日

雅江河谷②

雅江河谷气不凡,
蓝天白云舞翩跹。
群峰比肩顶雪封,
开阔川内绿满眼。

——2020年7月14日

---

① 羊卓雍措,藏语意为"碧玉湖",是喜马拉雅北麓最大的内陆湖泊,湖光山色之美,冠绝藏南。当地藏族人民用民歌赞美羊卓雍措:"天上的仙境,人间的羊卓。天上的繁星,湖畔的牛羊。"

② 雅江河谷,是去羊卓雍措盘山公路上的一个观景台。平台的中央竖立着一块巨石,上面分别用藏文和汉文书写着雅江河谷海拔4280米的字样。从这里可以全方位地欣赏雅江河谷优美的风光。

藏獒[1]

藏獒威风似狮虎,
生人靠近心发虚。
主人驯化听指挥,
游者接触胆正舒。

——2020年7月14日

清平乐·秀色才纳[2]行

秀色才纳,
蓝天白云下。
江河汇流聚精华,
藏药种植独甲。

一切遵从自然,
环保绿色发展。

---

[1] 藏獒,是一种体形高大雄壮、性格凶猛的犬,产于青藏高原。
[2] 秀色才纳,即"秀色才纳"净土健康产业观光园,是位于拉萨市曲水县才纳乡国家级有机藏药材种植基地。它是中国最高海拔有机藏药材种植基地,园区内种植了上百种名贵的藏药材、花卉,在西藏高原上形成了一道亮丽的风景线。

独特医学体系,
传承守正向前。

——2020 年 7 月 14 日

长相思 · 布达拉宫

白数层,
红数层。
布达拉宫冲天耸,
穿云独成峰。

宫厚重,
史厚重。
世界遗产名录铭,
辉煌铸永恒。

——2020 年 7 月 15 日

念青唐古拉山[①]

朝阳东升天湛蓝,

---

① 念青唐古拉山脉,是中国青藏高原主要山脉之一,主峰念青唐古拉峰位于中国西藏自治区当雄县境内。

雪山晶莹娇容现。
白云洁净似哈达,
飘逸灵动献神山。

——2020年7月16日

相见欢·当雄①

蓝天白云雪山,
大草原。
牦牛马羊逍遥食其间。

心胸宽,
忘忧烦,
心神安。
极净当雄遨游相融欢。

——2020年7月16日

---

① 当雄,藏语意为"挑选的草场",位于西藏自治区中部,藏南与藏北的交界地带。是西藏最肥沃的草原,在这里可以看到健壮的藏牦牛悠闲地在草地上享受阳光。当雄草原紧挨着青藏公路,青藏铁路横穿而过。

纳木措[1]

蓝天碧湖远相连,
天际白云挂巨帆。
风卷浪花岸堆雪,
飞鸟逐波嬉闹欢。
远客追梦捧圣水,
清凉舒适沐浴面。
离天最近圣洁地,
融入其中赛神仙。

——2020 年 7 月 16 日

那根拉山口[2]

五千余米山口上,
青年歌声随风扬。
经幡呼啦奋力起,
生命禁区天路长。

——2020 年 7 月 16 日

---

[1] 纳木措,位于西藏自治区拉萨市当雄县与那曲地区班戈县之间,是西藏自治区第二大湖泊,是世界海拔最高的咸水湖。
[2] 那根拉山口,位于西藏自治区拉萨市当雄县境内,是通往纳木措的必经之地。

日喀则[1]

神奇日喀则,

一市邻多国。

世界最高处,

珠峰桂冠夺。

——2020年7月17日

忆江南·灯芯树[2]

灯芯树,

历经五百载。

虬枝沧桑诉历史,

世界发展变化快。

盛世更添彩。

——2020年7月17日

---

[1] 日喀则,即日喀则市,地处中国西南边陲、西藏自治区西南部,南与尼泊尔、不丹、印度等国接壤,西接阿里地区,北靠那曲市,东邻拉萨市与山南市,境内有世界第一高峰——珠穆朗玛峰。

[2] 扎什伦布寺左侧石板路的一侧有几棵大树,人们称之为灯芯树。据说最大的一棵有500多年了,枝条繁多,枝干遒劲,树形婀娜。这些苍老的灯芯树陪伴并见证了扎什伦布寺漫长的岁月。

忆江南·贵阳夜市 ①

夜过半,
市井灯光灿。
食客喧闹声起伏,
特色小吃味不凡。
国酒香飘远。

——2020年9月11日

孟秋贵阳晨

贵阳晨风送清凉,
竹叶轻摇自觉爽。
细雨如丝湿街面,
秋意渐浓加衣裳。

——2020年9月12日

---

① 贵阳城中夜市很有特色,朋友接风盛邀体验夜市的繁华和风味。

安顺虹山湖[1]

湖水清澈碧波荡，

青山环抱绿绽放。

峰顶高塔穿云霄，

安顺城中好风光。

——2020年9月12日

踏莎行·西江千户苗寨[2]秋游

云雾缥缈，

细雨蒙蒙。

西江千户苗寨中。

吊脚楼叠背靠山，

稻浪金黄万波重。

独特风格，

魅力无穷。

---

[1] 虹山湖，位于贵州省安顺市，是安顺人休闲的好地方，被列为国家AAAA级旅游景区。
[2] 西江千户苗寨，位于贵州省黔东南苗族侗族自治州雷山县东北部的雷公山麓，是一个完整保存苗族"原始生态"文化的地方。

恍如进入神仙境。
赏心悦目观不尽,
世外桃源不虚行。

——2020年9月13日

忆江南·凯里①行

黔东南,
多彩美无限。
世外桃源此处寻,
人间仙境不虚传。
风味美食鲜。

——2020年9月13日

忆江南·双彩虹②

昆明城,

---

① 凯里,即凯里市,简称"凯",被誉为"苗侗明珠",位于贵州省黔东南苗族侗族自治州,有"中国百节之乡"之称。
② 晚餐后于昆明街头漫步,西天突现两道彩虹,美不胜收,令众行人惊叹大自然的神奇造化。

夕阳半山行。

晚霞映照西半天,

空中飞跃双彩虹。

难遇奇妙景。

——2020年9月14日

雨后春城①

春城秋阳分外灿,

雨后街花更烂漫。

车水马龙各其道,

旧地重游②尽开颜。

——2020年9月15日

云南楚雄州③印象

晨离昆明赴楚雄,

---

① 春城,指昆明。
② 笔者第四次赴昆明。
③ 楚雄州,即楚雄彝族自治州,是云南省下辖的自治州,地处云南省中部。

青山秀水绿万重。
河谷地带稻映黄，
鸟语花香秋意浓。
元谋[1]人类发祥地，
灿烂文化史传承。
而今走进新时代，
天翻地覆扬帆正。

——2020年9月15日

云南祈愿铃[2]

上下纵横排列整，
铜银混铸色庄重。
百铃共振天地动，
微风掠过摇无声。

——2020年9月16日

---

[1] 云南楚雄州元谋县是人类发祥地之一，有着悠久的历史和灿烂的文化。

[2] 祈愿铃，为铜银混铸，手工制造而成。环环相扣，一字排开，多用在场景开阔、气势磅礴之处。微风掠过不足以响铜铃，这也正是云南祈愿铃的宏大之处。但凡响起，百铃共舞，堂哉皇哉，声大而音长，传数里而不绝于耳。古时常有人将祈盼刻于铜铃之上，以寄情怀。今时更有世家将铜铃收藏于府，代代相传。上怀家业，下寄思托，铜铃响起，闻者亦同福音佳。

忆江南·云南哀牢山①

哀牢山,
动植标本园。
丰富物种资源库,
风光旖旎美无限。
置身醉其间。

——2020年9月16日

南华菌宴②

菌类王国在云南,
各有特色滋味鲜。
烹制工艺各不同,
松茸松露夺桂冠。

——2020年9月16日

---

① 哀牢山,处于云南中部,是元江和墨江的分水岭,云贵高原和横断山脉两大地貌区的分界线。哀牢山为世界同纬度生物多样化、同类型植物群落保留最完整的地区。
② 南华县有"中国野生菌美食县""中国野生菌之乡"和"野生菌王国"的美誉。

柳州印象

柳江①穿城奔流远,

两岸山楼互比肩。

绿林秋花满道旁,

干净卫生最养眼。

——2020年9月18日

柳州饭店②

柳州饭店似园林,

环境幽雅景迷人。

大榕树下铭历史,

名辈高流③驻足临。

——2020年9月18日

---

① 柳江,珠江水系西江干流第二大支流,黔、桂水上交通要道。
② 柳州饭店,位于柳州市中心,濒临秀丽的柳江,园林幽雅,百花斗艳,景色迷人,被誉为"花园式饭店"。
③ 柳州饭店是柳州市委、市政府的主要接待基地,素有"柳州国宾馆"之美誉。

忆江南·夜游柳侯祠①

灯初放,

同人夜共行。

柳侯祠中追先贤,

无私济世后人敬。

德高永远铭。

——2020年9月18日

广西柳州民族油茶

百年树叶采作茶,

蒸晒发酵蕴精华。

诸药食物捣成合,

常饮精气神俱佳。

——2020年9月19日

---

① 柳侯祠,位于广西壮族自治区柳州市中心柳侯公园内西隅,始建于1906年,是柳州人民为纪念唐代著名思想家、文学家、政治家柳宗元而建立的。

相见欢·南宁南湖公园[1]

碧波潋滟水宽,

分外艳。

亚热带园林南湖公园。

多景观,

昼夜变,

华灯璨。

人造水幕抛彩眼花乱。

——2020年9月19日

南宁青秀山[2]

邕城[3]明珠青秀山,

奇花常开四季天。

---

[1] 南宁南湖公园,位于南宁市东南部青秀区,是一个融水体景观、亚热带园林风光于一体的公园。
[2] 青秀山,即青秀山风景区,位于南宁市青秀区凤岭南路。青秀山风景区以森林为主体,被誉为"南宁市的巨肺"。
[3] 邕城,南宁的别称。

龙象塔①高插云霄，
天瑶双池②水波滟。

——2020年9月22日

长相思·再向青海行③

君启程，
我启程。
千里之行心神同，
情深意更重。

车已动，
人已动。
高铁青海奔带风，
快乐不是梦。

——2020年9月24日

---

① 青秀山山顶上耸立的宝塔叫龙象塔，俗称青山塔，它是青秀山的象征，始建于明万历年间，为广西最高的塔。
② 指青秀山山腰上天池和瑶池这两个巨大的人工湖。
③ 笔者一年之中第二次青海行，即兴填词一首。

踏莎行 · 青海迎宾

独特美食,
醇酒飘香。
蒙古歌声热情扬。
百里奔来有缘逢,
海西女儿①最豪爽。

亲如一家,
真心难拒。
姐妹②花红酒放量。
远方客人醉其中,
民族团结共欢畅。

——2020年9月24日

青海手抓羊肉③

大块羊肉肥瘦兼,

---

① 蒙古族姑娘娜仁花,青海海西蒙古族藏族自治州人。
② 蒙古族姑娘娜仁花和藏族姑娘德措。
③ 青海手抓羊肉是当地的一道特色美食。

香气扑鼻味不凡。
刀牙双手齐上阵，
大块嚼食腹填满。

——2020年9月25日

清平乐·青海大学

秋阳灿烂，
西宁薄云淡。
青海大学美校园，
教书育人典范。

学科门类齐全，
优势特色突显。
志比昆仑更高，
学竞江河无限。

——2020年9月25日

湟 水[①]

朝阳沐浴西宁城,
湟水泛波东向行。
生命之源润两岸,
绿色长廊共相融。

——2020 年 9 月 26 日

浣溪沙·呼市晚秋晨

呼市朝阳光灿烂,
深秋金风染万千。
五彩斑斓满高原。

重游旧貌无踪影,[②]
高楼大厦互比肩。
一派新景醉双眼。

——2020 年 10 月 28 日

[①] 湟水,黄河上游重要支流,位于中国青海省东部,发源于青海省海晏县境内的包呼图山。湟水流域养育了青海省约 60% 的人口,被称为"青海的母亲河"。
[②] 呼和浩特市城区改造,几乎找不到昔日旧影。

忆江南 · 深秋大青山①

大青山,

东西纵立天。

深秋彩叶绽华章,

逶迤起伏极目远。

自然循环变。

——2020年10月28日

忆江南 · 呼市初夜观月

月泛红,

初夜挂高原。

地上华灯辉相映,

呼和浩特别样天。

恍如梦境间。

——2020年10月29日

---

① 大青山,属阴山山脉,东起呼和浩特大黑河上游谷地,西至包头昆都仑河。大青山是阴山山脉主峰,是阴山山地中山地森林、灌丛、草原镶嵌景观最为完好的一部分。

清平乐·雷山鱼酱①

雷山鱼酱,

鲜酸甜咸香。

独特风味天下扬,

垂涎欲滴难忘。

苗族千年配方,

传统工艺流芳。

食材精华相融,

舌尖美食传广。

——2020年12月18日

苗族迎宾②

芦笙吹奏动心扉,

---

① 雷山鱼酱,是黔东南苗族侗族自治州雷山县的传统调味品,雷山鱼酱色泽诱人,鱼肉的酱香和红辣椒相辅相成,一小勺足以让任何菜肴变得美味。雷山鱼酱曾在中央电视台《舌尖上的中国2》中大放异彩。

② 参加贵州省苗学会主办的会议,报到时体验苗族隆重的迎宾仪式,即兴而赋以纪念。

苗族服饰绽银辉。
舞步轻盈迎宾至,
耳目一新令人醉。

——2020年12月19日

凯里康养[①]

老龄社会已临近,
康养产业大迈进。
传统医药治未病,
现代仪器手法新。
技术进步无止境,
对症调理治身心。
尊老献爱共和谐,
夕阳余晖映温馨。

——2020年12月19日

---

① 参观贵州凯里市某康养中心,有感而赋。

忆江南·苗族多声部情歌①

苗情歌,
无乐男女唱。
天籁之音入耳来,
真挚情感暖心房。
醉入民族乡。

——2020年12月19日

芦笙②演奏

三名俊男舞台中。
神情张扬带笑容。
抑扬顿挫传妙音,
凯里苗乡特色浓。

——2020年12月19日

---

① 参加贵州省苗学会主办的会议,聆听苗族多声部情歌。其演唱方法独特,曲调悠扬,旋律低回婉转,如天籁之音,具备鲜明的民族特色。
② 芦笙,为西南地区苗、瑶、侗等民族的簧管乐器。笔者参加贵州省苗学会苗医苗药传承创新发展研讨会期间,聆听苗族芦笙表演,即兴而赋。

新时代背景下苗医苗药传承创新发展研讨会[①]

贵州凯里聚群雄,

苗医药界扬正能。

独特环境积淀厚,

历史悠久济苍生。

健康中国共努力,

不忘初心守使命。

产学研管建言策,

传承精华攀高峰。

——2020年12月20日

忆江南·贵阳城

贵阳城,

冬阳夕照明。

青山起伏峰不高,

新楼擎天比肩重。

[①] 2020年12月19日至20日,在贵州省凯里市召开了贵州省苗学会2020年学术年会暨新时代背景下苗医苗药传承创新发展研讨会,有感赋诗。

无处不新容。

——2020年12月20日

过息烽[①]

山雾朦胧峰纵横,
出隧如同云中行。
西安事变杨将军,
曾经关押在息烽[②]。

——2020年12月20日

---

① 息烽,即息烽县,贵州省贵阳市下辖县。
② 息烽集中营旧址,位于息烽县县城南6公里的阳朗坝。它是民国时期国民党军统局设立的规模较大、等级较高的一所秘密监狱。它包括息烽集中营本部和专门用来关押著名抗日将领杨虎城将军一家的玄天洞两大部分。

世间常怀感恩心

逝者安息千古存

追忆慈母 [1]

儿行千里母担忧,
歌声响起泪飞流。
慈貌音容脑海现,
往事在目涌心头。
无私奉献竭全力,
关爱入微随子游。
人间最痛亲情断,
唯有思念追母游。

——2014年12月2日

---

[1] 聆听歌唱家刘和刚CCTV-3专场,感人的画面,直击心灵的歌声,令人浮想联翩,一曲《儿行千里》催人泪下,追忆母亲,思绪万千。

悼念胡正海教授①

胡公八八安然息，
正直勤奋育桃李。
海阔天高学品优，
师表典范丰碑立。

——2018年8月2日

陈庆松先生②仙逝二十年祭

陈翁仙逝二十秋，
医药精诚惠九州。
生命有限慈善传，
悬壶济世争上游。
厚德载物荫后世，
子承父业后更优。
杏林有幸硕果累，
万隆扬帆竞风流。

——2018年10月27日

---

① 胡正海，西北大学生命科学学院教授、博士生导师，长期从事结构植物学的研究工作，成果丰硕，享年88岁。
② 陈庆松，著名中医，治疗白癜风病专家，万隆药业奠基人。

祭母文[①]

　　母亲华诞，一九三八。不幸逝世，二零一八。终年寿庚，八十有一。母亲一生，平凡伟大。参加工作，一九五九。勤奋努力，任劳任怨。多次当选，先进模范。父亲英年，因病早逝。上老下小，度日维艰。母亲担起，全家重担。敬老爱幼，街邻共赞。众人称颂，无不赞叹。陕报记者，专程采访。母亲事迹，虽小不凡。特撰文章，登报宣传。母亲退休，并未悠闲。支持儿女，工作在前。自担家事，精打细算。长期超负，身体欠安。近几年来，多次住院。多方诊疗，良药用遍。此次发病，立即入院。病入膏肓，良医扼腕。母亲西去，儿女悲伤。撕心裂肺，肝肠寸断。母爱伟大，家风永传。高尚品格，永铭心间。母亲走好，放心勿念。衷心祈愿，安息九泉。

——2018年10月31日

[①] 岳母纪秀英，1938年农历六月初四生于陕西榆林，1959年就职于陕西榆林毛纺厂，卒于2018年农历九月二十二日。

祭 亲[1]

秋风萧瑟叶归根,
塞上黄沙又起坟。
祭祀火燃阴房暖,
香烛纸钱送亲人。

——2018年11月2日

忆江南·缅怀顾方舟[2]

顾方舟,
医药界泰斗。
父子以身试药安,
"脊灰"糖丸枝独秀。
救星惠千秋。

——2019年1月7日

---

[1] 按照陕西榆林当地风俗习惯,亲人安葬后第二天祭祀要在新坟头燃火暖"阴房"。
[2] 顾方舟,原籍浙江宁波,医药科学家、病毒学专家。顾方舟研究脊髓灰质炎的预防及控制42年,是我国组织培养口服活疫苗开拓者之一。2019年1月2日,顾方舟因病医治无效,在北京逝世,享年92岁。

踏莎行 · 岳母百日祭①

三九末端,
塞上尤寒。
子孙后代思念牵。
母亲仙逝百日祭,
坟头供食焚纸钱。

亲朋相聚,
话语万千。
先辈恩德铭心间。
承前启后不忘本,
优良家风世代传。

——2019年1月17日

长相思 · 阅《追忆胡宽》②

天赐缘,

---

① 岳母逝去,百日祭奠,填词追念。
② 胡宽,西安诗人,其诗作融合了现实主义、现代主义、后现代主义等多种创作方法,形成了一种崭新的诗歌风格。1995年因哮喘病去世。阅西安交通大学第一附属医院付和睦教授《追忆胡宽》一文,感赋。

地赐缘。
人海相逢结金兰,
青春驻心田。

思永远,
念永远。
《追忆胡宽》真情传,
英灵安九泉。

——2019年8月8日

悼任毅教授[①]

忽闻任君驾鹤西,
痛失英才悲泪泣。
音容笑貌映眼前,
往昔岁月成追忆。
科学探索究本源,
开拓创新视野奇。

---

① 任毅,陕西师范大学生命科学学院教授、博士生导师。主要从事系统与进化植物学、大熊猫主食竹及秦巴山区植物区系三方面的教学和科研工作。

呕心沥血敬本业，

为人师表育桃李。

——2019年10月16日

忆江南·慈母仙逝六年祭[①]

六载整，

萦绕脑海间。

音容笑貌梦中会，

悔恨当初少陪伴。

愧疚泪湿衫。

——2019年12月2日

腊月祭祖

腊月廿九回故乡，

旭日初露出东方。

佳节来临倍思亲，

养育之恩永难忘。

[①] 母亲逝世六周年，填词纪念。

松柏苍翠坟头守,
祭奠叩首诉衷肠。
红烛燃泪高香绕,
告慰之心通阴阳。

——2020年1月23日

江城子·母亲董月蓝诞辰九十二周年祭①

时光流淌添新章,
望月亮,
思亲娘。
阴阳两隔,
梦中话短长。
九二诞辰三跪拜,
三炷香,
瞻望像。

耳顺奔七追夕阳,
每归乡,

---

① 2020年2月9日(农历庚子年正月十六),是母亲董月蓝诞辰九十二周年,填词一首,追忆慈母。

旧宅房。

驻足四望，

难抑崩泪长。

佳节之际更思亲，

空悲切，

孝空想。

——2020年2月9日

悼念沙振方老师[①]

青年别沪赴三秦，

俯首甘作西北人。

献身药检建功业，

高德流芳不朽存。

——2020年2月9日

庚子清明祭

清明细雨洗春尘，

---

① 沙振方，毕业于上海复旦大学，毕业后支援西北，长期从事药品检验工作，是药品检验方面的资深专家。

后辈相约祭祖亲。
翠柏苍松周正站,
炷香缭绕贯灵魂。
梦中常见阴阳聚,
冥币焚烧化孝心。
秦岭龙盘常守望,
长流渭水润新人。

——2020 年 4 月 4 日

瞻仰苏武墓①

苏武墓前思绪长,
忠心不屈后人仰。
万般坎坷撼天地,
千载史册永流芳。

——2020 年 4 月 7 日

---

① 苏武墓,位于陕西省咸阳市武功镇龙门村前的台地之上,东临漆水,西依凤岗。墓穴东向,背附青山,漆水河自墓前蜿蜒而过,依山傍水,环境优美,为"武功八景"之一。

悼念张志芬同志[1]

志芬驾鹤游不归,
惊闻噩耗泪雨飞。
沉痛悼念慰英灵,
一路走好仙境随。

——2020年5月10日

---

[1] 张志芬,毕业于沈阳药科大学,国家药典委员会主任药师,中国医疗保健国际交流促进会中医康复理疗分会副秘书长,为我国药典事业及中医康复理疗事业做出了重要的贡献。

后　记

　　诗词相伴，走过四季，夕阳无限好，温馨又从容。从原单位退休不觉已有五个春秋，在"知足、知止、知退"理念的指导下，于去年年底谢辞二次就业岗位，使自己有充足的时间和精力，放飞心神，徜徉在诗词的海洋里。作为国风社西安分社的一员，在业余爱好驱使和大家激励下，同时也是为与各群诗友相互学习，共同切磋，齐头并进，于是将自己所见、所闻、所历、所悟诉诸笔端。此次精选了近四百首诗歌，予以整理成册，即成《思韵集》（第一辑）。

　　在《思韵集》（第一辑）付梓之际，诚挚地感谢老同学——西安交通大学副校长、医学部主任、博士生导师颜虹教授不辞辛劳，热情为本书作序鼓励笔者。

　　同时，万分感谢西安交通大学蓝和楼教授、西安交通大学第一附属医院王民教授等给予的帮助和指导！

　　此外，真诚地感谢陕西新华出版传媒集团太白文艺出版社的蒋成龙、秦金莹二位编辑对书稿的精心编排，使书稿新颖别致、独具特色！并真诚地感谢王洋先生庄重、典雅、大气的封面设计！对在本书出版过程中付出辛勤劳动的所有校友、同事、朋友致以崇高的敬意！

朱志峰

2021 年 12 月